日子，是一朵一朵的花开

古娟华 / 著

北京日报出版社

图书在版编目（CIP）数据

日子，是一朵一朵的花开 / 古娟华著. — 北京：北京日报出版社，2022.1

ISBN 978-7-5477-4194-8

Ⅰ.①日… Ⅱ.①古… Ⅲ.①散文集—中国—当代 Ⅳ.①I267

中国版本图书馆CIP数据核字（2021）第256952号

日子，是一朵一朵的花开

出版发行：	北京日报出版社
地　　址：	北京市东城区东单三条 8-16 号东方广场东配楼四层
邮　　编：	100005
电　　话：	发行部：（010）65255876
	总编室：（010）65252135
印　　刷：	北京军迪印刷有限责任公司
经　　销：	各地新华书店
版　　次：	2022 年 1 月第 1 版
	2022 年 1 月第 1 次印刷
开　　本：	710 毫米 × 1000 毫米　1/16
印　　张：	16
字　　数：	223 千字
定　　价：	79.80 元

版权所有，侵权必究，未经许可，不得转载

建一座自己的"精神小花园"

在我家小院的西边,有一个不大的菜园。菜园是长方形的,里面种了一些梅豆和丝瓜,在小菜园的边边角角,还有一些密密麻麻的薄荷。只要有点空隙,一些自生自长的野菜和小草便也不嫌弃地在那里长出来,想展露自己的风采。比如云苋菜,只要有一点土,它就愿意旺旺地长出来。

在小菜园的外围,有一些花盆。花盆里种着一些我从别处移来或者朋友给的很普通的花草,比如月季花,向阳梅,小叶吊兰。这些花草虽不名贵,但是长得各具特色,给了我一种说不完、道不尽的心灵安慰。

小菜园里的菜每年夏天旺长,秋天在小院里形成一个绿色的架子。除了营造一院绿色,还提供给我们许多蔬果。

小菜园里的蔬菜和菜园外边的花草,构成了我家的一个独特去处,我称它为我的"精神小花园"。

每天,当我从外面工作回来,或者在家里做完了该做的一切,就会走到小菜园旁边欣赏。

我的"小花园"里虽然没有名贵的花草,但是,那翠绿的颜色,那些植物各具特色的生长,很滋润我的心灵,让我在工作之余,心灵有了一种寄托。在这里，我看到生命的成长与更替，感受了生命的坚强与不屈。日久天长，"小花园"给我的生活增添了说不尽的美感和快乐。

我多么渴望自己在心灵中也有这样一片可以寄托情思的花园。它可以不太显眼，但是所有的情感、所有的心思、所有的生活都可以在那里有个记录有个展现。经过苦苦寻求，多年以后，我终于也拥有了这样的一个"小花园"，这就是我的写作。

在工作之余，在生活的间隙，我常常拿起笔，书写身边的生活，书写自己对生命的感悟。我把我的文章集合在一起，空暇的时候，翻翻看看，犹如走进了一个小小的"花园"。这里虽然没有雄奇的言论，传世的名篇，但是在这里，我的心灵时不时会感受到一阵阵轻风似的吹拂，一阵阵海潮样的撞击，一阵阵花香似的慰藉。我的心因此而觉得生活是那么美好，生命是那么美丽。

我觉得我们每个人都应该有一个"精神的小花园"，来记录我们的生活，表明我们曾经感受过，爱过，渴望过。就如，每天我从客厅走出来，从厨房走出来，从生活走出来，来到我家小院西边的菜园旁边，会获得一种滋润一样。

我喜欢我的"精神小花园"，我感觉自己因为拥有它而生活得特别充实，特别幸福。

目 录

第一辑　写给日子的情书

日子，是一朵一朵的花开　002
及早开花的树　004
听，春来了　006
今春，今春　008
等一等春天　010
在春天里沉醉　012
享受春天之美　015
春日听雨　017
走在春风里　019
相约看桃花　021
春天的野菜　024
春深绿如海　027

相遇美好　029
草坡　麦田　大自然　031
秋　颂　033
雪花，雪花　035
一天有多美　037
我多想给你说些美好的语言　039
冬天的风景　042

第二辑　陌上花开，花香缓缓而来

春从江南来　046

春天的美　048

一步一步达到　050

时机到了　052

在好的季节疯狂成长　054

即使你只是一朵很小很小的小花　055

世界之美　057

天地间一幅画　059

游动的"栀子花"　061

通向自然　064

安闲地成长已经很好　066

山，一直在　068

在夏日的草丛里形成自己的风景　070

植物的心思　072

置身其中　074

心已明媚　075

明　白　077

人生，慢慢来　079

生命的"黄金水源"　081

我的花，我的草，我的春天　083

鸟鸣风声花荫中　085

偶遇，勿忘我　087

夏天的早晨，我踏风而行　089

天上地上看云　091

低调奢华之美　094

其实幸福需要不多　096

第三辑　爱是一道光，温暖我们的心房

散步　100
给孩子一个施爱的机会　104
语言的温度　106
妈妈的胡辣汤　108
鞋垫一样的青芒壳　110
语文之美　112
秋天里读书　114
有一种幸福叫作阅读　116
书卷多情似故人　118
每次阅读，都是一场心灵的水果盛宴　120
写作，我此生最好的朋友　125
爱我的那个人她真的老了　128
哦，我的花儿也悄悄地开了　131

第四辑　以梦为马，向远方出发

春天里出行　136
烟花三月下扬州之瘦西湖　138
扬州"个园"印象　141
在东关老街　143
普通的花，不一般的风景　145
李中水上森林　147
旅行、照片及感受　149
海边的生活　152
难忘八里沟　156
云天雾地走神农　159
天地之间那座山　162
跋山涉水君相伴　165

欢乐北京行　169
宝珠一般的山里泉　172
西行漫记之来到了青海湖　175
我从草原走过　178
九曲黄河第一湾　181
神奇的九寨沟　183
黄龙——遗落人间的调色盘　187
麻辣成都　189
大美青海，风景在路上　192
缺点什么呢？　194
恋海的日子　196
游泳之乐　199

烟台山上　201
上云台探源　204
漫游九里沟　207
一幅绿色的画卷　209
走咧走咧，去宁夏　212
山水之约——木札岭的清凉之夏　216
白云山二日　219
走，去看冰挂　223
沿着一条路去读一本未知的书　226
欢乐长寿山　229
靳家岭探秋　231
黄河三峡里闲适与激情　234
漫步小浪底　238
寻山寻水寻桂林　241
唯有感恩　245

第一辑　写给日子的情书

在这个世界上，我们最好的拥有便是一日一日的时光，让我们用欢喜的心，将每一个日子写成生命的情书。

日子，是一朵一朵的花开

1

来到这世上，你就要明白，你在这世间最珍贵的就是你的日子，你这一辈子。

像一棵树，小时候要学会吸收。吸收营养成长身体，吸收知识丰富智慧，吸收爱的力量，然后在生命的某个时刻，灿烂绽放。

日子是一朵一朵的花开。

每一点知识都会为你集聚能量。迷茫的时候，学会积极寻找，不要长久叹息，浪费时日。

如果每一天，你都能认真度过，读点书让自己充实，做点事让生命有些改变，写点文字为日子留下痕迹。

有一天，你会惊奇地发现，你在这世上已经有了小小的花园。

那一朵一朵的花开，会令你惊喜，令你开怀，令你有妥妥的殷实和幸福。

如此，你便对得起你这一辈子。

2

有时候，我常常想，如果没有战争没有疾病没有红尘中的纷纷扰扰，我们应该如何度过我们的一生？

日子里充满了安闲，世界上充满了美好，我们是不是有心来欣赏地球这个大花园里的花花草草，与他人为善，与世界相安？

如果真是这样，那么我们的生活会有多么诗意多么美好！

其实，古代的人们就进行过许多探索。唐诗宋词里人们对生活的记录就是最好的证明。即使社会不够发达，人们也一样可以过繁花似锦的日子。因为天地自然的美好一直存在。

世界从来不缺乏诗意。只是我们还不够珍惜，或者说不够明白。那么，在这个越来越好的时代里，让我们静静心，抛却烦恼，抛开干扰，尽量为自己多争取些幸福，让日子是一朵一朵的花开。

及早开花的树

校园里，有一棵及早开花的树。

每次我从花树下经过的时候，都要仰着头，看啊看，我喜欢那棵奇特的树。在万物才开始萌发的时候，它已经是满树的花开，满树的诗意了。

它不是先长叶子，而是先用一树的花开来迎接春天。所以，在内心里，我不知有多么喜欢它。

其实，我注意这棵树已不是一天两天的事了。

政府大院的门口也有一棵这样的树。很多年前的一个春天，我带着孩子在街上玩，无意中发现了这样一棵树。多么漂亮啊！没有叶子，满树花开，那花大大的，如八月十五晚上月亮的颜色，诗意俊朗，极其美丽。我常常想，有一群美丽纯洁的鸟儿飞累了，就这样诗意地睡在了就要萌发新芽的枝头。

我专门去查了一下资料，从此记住了这棵树的名字：白玉兰。而那一树的花也仿佛永远停留在了我的心中，成为我梦中的一个倩影，在无数个寂寥的时刻滋润着我的心灵。

我常常惦念那棵树。在寒冷的冬夜，我散步街头时，会常常去那棵树前走一走，看一看。真的，它就像一个知心朋友让我惦念。

也就是在那些寒冷的日子里，我又发现了一个秘密。原来，白玉兰在万物萧萧的时候，它的枝头竟然已经在孕育着春天的新蕾了。看啊，它的枝头，在深冬时，已是满树的新蕾。那些新蕾开始时并不大，但是，随着冬天的脚步远去，它们变得越来越饱满，仿佛一树的毛笔巧妙地倒立在枝头要书写生命奇迹似的，让我们对春天涌生出无限的向往。

果然，新年过后，春寒料峭的时候，白玉兰及早地开放了。

它比我周围所有的树都开得要早。它的花是那样的灿烂。我不由得对它肃然起敬。

及早开花的树，原来是因为及早地默默进行了自己的努力。

我欣赏白玉兰那纯洁亮丽的花朵，更欣赏它的生存精神。

作为一个人，我们是不是也应该及早努力，及早开花，把自己的美丽展现在人世间呢？

站在这棵及早开花的树前，我常常会陶醉得不知所以。我喜欢它那一树的花开，更喜欢这棵及早开花的树给我的生命滋润。

听，春来了

春天来了，挺好！

还未起床，便听到小鸟叽叽的鸣叫。周围很静，躺着很舒服，聆听这个世界的安静，真好！小区里的人们不知都做什么去了，我听的最多的声音竟是鸟叫与虫鸣。偶尔有一点点人声，一双高跟鞋嗒嗒着由远及近，又远去。

我起床，打扫，洗漱，吃饭，然后坐下来。阳光很好，新鲜而湿润，空气有点冷，冷得有点小清新。仿佛新年已过，春天必须启动一样，连心情都觉得轻巧而温暖了。

春天来了，真好！

所有的梦想都可以启动按钮，随着春阳升起，随着鸟鸣奋飞，随着花草一起繁茂。

昨天，朋友叫我去挖野菜，我爽然应下。今天下午和她一起出去，挖多少野菜都无所谓。出去，在阳光下，晒晒藏了一冬的心，收获一心温暖与新鲜才是本意。

春天，走在广阔的天空下，走在无边的田地里，走在和煦的春风里，寻着大地对春的贡献，把舌尖放上春天的味道，把春天的温暖收在甜美的心坎里，这大概就是春天对我们最温暖、最美好的润泽。

今春，今春

又是春天了，虽然风中偶尔还有些许冬的寒，可是，校园中的白玉兰开花了，那花好灿然好美丽，给人一种奋然一震的感觉。

楼下小菜园中的青菜也旺旺然长起来了，好似一天一个样儿往上蹿，我的心跟着也雀跃起来。

放学的时候，天色还很明亮，我去买了些菜籽，简单收拾了一小片土地，撒下了这一季的希望。我喜欢看着身边的小生命一天一天旺长，这感觉虽然平淡却让我感到生命不息的成长。这是一种很浪漫的快乐和希望。至少对于我这个出身农村的女子来说，是一种没有丢失的回忆和寄托。它让我回想起小时候在农村成长的岁月，尤其是庄稼地里孕育的无数希望。海一样广阔无边的麦田，一波一波的春风在麦田里挥霍出的洒脱，那种磅礴大气的让人心醉神迷的美，包裹了我童年的整个灵魂与梦想。至今我还记得自己站在麦田中拔草，风儿来了，绿色的麦浪一浪赶着一浪，那壮观的模样，那是教科书怎么精彩描绘也达不到的境界。

大自然在我童年的时候，曾经给过我深深的感染。我知道没有一个人能描摹尽大自然的壮阔与美丽。所以，尽管爱读书，但是，我还是更相信自然。这是一本时读时新，能让我们整个灵魂深深沉醉的一本大书。它的美，我在少年时读了无数次。尽管我对自己小时候物质贫穷很不满，可是，我永远不后悔我生在农村。我很小的时候就洞悉了大自然的神奇和美丽，它让我无论走到哪里都懂得自己。我有一个在田地上自由奔跑，辛苦却无限浪漫的童年。尽管那时候，我并不知晓它意味着什么。可是，多年后，它给我的滋润仍然让我深深陶醉。我很庆幸，我曾经站在麦田里拔草，否则任人怎么说，我也不会明白，天、地、自然对人有多么深的滋养。

春天来了，多好啊！

即使一棵很不起眼的树，都要发芽了，看一看那些排成队儿站在枝头的小新蕾，你会觉得它们都是一些很可爱的孩子，有着一张新奇的脸，期待着自己在春天把生命变成另一种美丽的姿势展现在蓝天下。瞧，它们多么急切，你会听到它们的喁喁私语，会听到它们对生命的种种渴望，会听到它们那种要来这个世界的决心，会看到它们未来这个世界已经在积攒的力量与欢乐。

春天来了，新一轮的生命都要在这个美好的季节努力绽放。听，小草用它那一身的新绿向我们报告着春天的消息，所有的生命都已开始出发。

春天，真是一个美好的季节！它让我们懂得，今春不是旧年，今天也已经不是昨天，所有的生命都将再次踏上新的征程，我们是不是也该有些新的打算？

让我们打开自己那尘封了一冬的心思，与所有的生命一起出发，去营造这个季节最美的浪漫与灿烂。

今春，今春，让我们从头开始，重新开始。一切都可以的。所有的梦想都会成真，所有的快乐都会如期来到我们的身边。

等一等春天

　　天阴着，灰蒙蒙的。大地上一片枯寂。我到河堤上来的时候发现，今天下午真的没什么好看。就连河滩里的麦田也暗暗的，没有新意。

　　我承认，冬天的末尾，真正的春天到来之前，是有一段不大理想的日子。就像过去老人们常说的，青黄不接的时候，确实没有什么好看的风景。

　　刚下过一场雪。雪消融的时候，天更冷了。加上我的感冒还未好，头昏昏沉沉，脚步也不轻松，所以，心情寂寥得不想用任何文字来形容。

　　但是，既然走出来了，就向前走一段路吧。没什么好看的风景，就什么也不用欣赏，只是走一走就好。

　　灰蒙蒙的天，枯寂着的河堤，心情寥落的我。不想在家一直躺着，不想找人去说说话，不想看书，也不想听音乐。怎么办呢？那就出来，到自然里走一走吧！

　　树上的小花苞还小，春天好像还得一段时间才来到。尽管已经立春，但还是冬末，七九的天气。

　　那又怎样呢？

来了这世界，总有些日子不是那么合心意。那就随意点。别逼自己了，到外面走一走。

外面灰天暗地也没有关系。

走一走就好了。

真的，走一走就好了。

走了一段路，我的脚步已经热热的有了温度，心情也好像舒畅多了，然后一切都仿佛有了变化。心中有个意念告诉自己：在春天到来之前，学会等一等吧。

等一等，不会太久，感冒就好了，身体就有力量了，树上的小花苞会越来越大，地上的小草也会一天天变绿。那时候啊，你心中的春天就来了。

杏花、桃花、梨花都是你的好朋友。

小草、大树、小鸟儿也都会向你问候。

别着急哦！在春天到来之前，要耐下心，等一等，一切马上就好了。

在春天里沉醉

人，不管活到几十岁，一到春天，不由得感觉好美。

春天

先说春的"天"。过了年，它便一改冬日的灰色沉闷，云开雾散，露出一个轻盈的笑脸。浅浅的天蓝色，或者浅浅的鱼肚白，怎么看，心中都很轻松，很受用。

有时候，站在小院中抬头望着望着，就有一种很想伸开双手去拥住似的欲望。

如果闲暇到野外放风筝，那就更美不过了，拍张照片，会发现最美的风景不是风筝，而是风筝后面的天空。

浅浅的，蓝蓝的，很敞亮，很诗意，让人不由自主地想发出赞叹：春的天啊，真美！

春光

过年的时候，人们很爱在小院中贴上些喜庆的祝福语，这些祝福语中除了那个人人喜欢的"福"字，我最爱的就是那个"满院春光"了。

冬天的光色不免有些暗淡，可一到了春天，阳光就变得不一样了。金灿灿充满一院。每天站在小院中，看着春光畅畅亮亮，诗意辉煌，不免就喜上眉梢，觉得该抓紧时间做些什么人生大事业了。

春天的光气明媚之极，使我的心每天都如桃花般灿烂。

走在大街上，心里也是金灿灿一片，身体、情绪也仿佛都变成透明的了，感觉非常豁亮。

春芽

春天，最喜欢做的事就是看春芽萌发。

寒风刺骨的冬天把人们的心思都封冻了起来。

春天来了。有一天，正走着路，忽然发现身旁的树枝生出了许多小小的新芽，心里不由就欢喜起来。

前天树上只有几个小新蕾，昨天就变成了一枝，而今天呢，新芽就有了一树。

每一天都在变化呢！

心里不由就一天比一天喜悦，封冻的心思一天天活跃起来，我知道叶儿丰茂的日子就要到了，这心里啊，想想就满怀温柔满心希望。

春花

春天，花儿开了，这儿一朵，那儿一簇。

这时候，无论走到哪里心里都禁不住赞叹，好美啊！

粉嘟嘟的，白生生的，黄灿灿的，蓝盈盈的，说不完的色彩给我的心也增添了一层灿烂。

这时候，随便吸吸鼻子，滋味都温润馥郁，禁不住地，脸上就露出了一层喜色。

春气

春天的田野，不仅仅是一幅画。麦苗长起来了，微风吹送，波浪涌动。最让人不能忘的是那种让人沉醉的气息。

田地里小麦青草发出的气息，金灿灿的油菜花释放出来的气息，头顶上各种树叶散发的气息，就像一股温润的小溪流，直钻人的肺腑，由不得人自己不沉醉。

这时候，天空阳光与树叶花朵小草组成一个美妙之极的大自然之场，让人不知不觉忘掉了尘世间的一切苦闷与烦恼，不由得就在心里感叹：春天，真好！

享受春天之美

晚上，看过天气预报之后，又看了一会儿电视剧，然后，我一个人走出了家门，走上了大街。

农历三月初的日子，天不冷也不热。这一段时间，我按摩颈椎，身体感觉好多了，心里觉得特别愉快。

大街上，行人明显没有白天多了，只是偶尔有车辆飞过，小城显得安静了许多，一如我此刻宁静愉悦的心情。灯光在高空闪烁，这儿一片，那儿一束，大街上，流光溢彩，使安静的夜显出华美的妆容。

我愉快地走着，渐渐慢下了脚步，因为此刻，我觉得一切看起来都那么舒服！灯光中，我看到头顶的法国梧桐树的新叶，虽然还没有长大，但是那小小的叶子已经布满整个枝头，很青葱地诗意着大街的上空。

春天，静心去看一棵树的时候，你会发现它真的很美。如一位刚沐浴过的少女，树的身体散发着一种芳香的气息。那满树的小叶子，就像少女洗浴后的发丝一样让人觉得美好。尤其是灯光中，那些小叶子透出的嫩绿，让人觉得特别清新。那小小的掌状的叶子，还让人想起新生幼儿的小胖手，可爱至极。满树的小胖手，翠翠嫩嫩，真的让人觉得充满希望与活力。我觉得树上缀满了一首新奇的诗!

一棵树也就罢了,放眼望去,街的两旁全是这样有意趣的树,它们在春天的夜里尽情抒写着自己的诗歌来赞美春天的美好,如果你感受到了,你的心能不愉悦吗?

我觉得走在春天的大街上,真是一种享受。在这样温柔的春天夜色里,走在这样满含着诗意的树下,走在安静甜美的灯光中,我是真的有点陶醉了。

我把脚步放得更慢了,一边悠悠荡荡地走,一边抬头看安息了的夜空,看唱着诗一样歌曲的法国梧桐,享受着灯光的抚摩,感受着春风的温柔问候。我觉得,大自然的美才是我们心灵最美好的享受。

抛去了白天工作的辛苦,卸下了身上的重负,春天的这个晚上,我真的是有点景不醉人人自醉了。很普通的景,最真切的生活,却让我有了这么多的感受。

生活是用来享受的,生命也是用来享受的。以前,我们都只强调付出,从未有人告诉我们享受生命,享受自然,有多美好。然而今夜,我深深地体会到,如果该工作的时候尽心工作了,在该付出的时候也努力付出了,我们是应该学会好好享受的。

大自然多么美好啊!这个春天的晚上,我一个人,在街上慢慢地走,心里是多么愉悦呀!我一边走,一边抬头,看静静的夜空,看满树诗一样的法国梧桐,看流光溢彩的街景,啊,我是真的很沉醉呢!一个人,如果这一生,光知道付出,而没有好好享受身边的大自然,享受生命本身的美好,那该是一种多么大的遗憾!

春暖花开,草长莺飞,这个世界还有多少美妙的风景我们没有体会!让我们抛开一切世俗烦恼,用心来感受这个世界的尊贵与华美!

春日听雨

　　午休后起床，脑子清醒了许多，身体也轻松了不少。我发现窗外又下起了小雨。打开阳台的玻璃窗，向楼下望，水泥地上已经像印上了圆点的面料。感觉很有意趣，就在阳台的小桌子前坐下来，望着窗外的天空发呆。

　　天空灰灰的，似乎蓄满了水汽。空中，雨点唰唰往下落，掉在窗台上，发出细碎的声响来，很清新，很悦耳，让人心里舒舒服服的。我感觉自己像在听一首非常美妙的轻音乐，痴痴迷迷的情绪飘荡在我的整个心境里。

　　雨丝开始是直直地下落，似有似无，慢慢变成斜的，越来越急，仿佛一首曲子到了高潮，起伏跌宕，要把人引入一种激情四溢的岁月里。

　　一冬天没有下场大雪，过了年雪仍然遥遥无期，地上干得很。前天，天气预报说有小雨，谁知，雨小得可怜，地面都未湿透。但是，那丝丝小雨也没有白下，飘散在空中，湿润了空气。走在天空下，感觉已经有些舒服，仿佛树上刚长出的新蕾，饱含了一心喜悦。我在那样的空气里走过，闻到小雨的气息，心里竟也像春风一样欢喜！

昨天,小雨断断续续下湿了地面,把刚长出来的小草、菜苗儿洗得青翠欲滴。我打着伞,踏着地上的水洼去上班,感觉空气更润泽了。楼下菜地的菜苗儿绿油油,水汪汪,仿佛和我一样,在感激这春日新雨的润泽呢!

春雨贵如油。这个世界,因为春雨的滋润,将要发生多少色彩的改变,谁能数得清呢?杏树已经开花了,桃花呢,也快绽放了,榆叶梅的花要长出来了,泡桐树的紫喇叭也要吹响了,各种树叶儿花草都要来赶这个世界了。半城绿色半城花的美景又要在我们身边上演了。枯干了一冬的树枝儿都要着上新美的衣裳了。春雨,敲敲打打,正在为它们加油助威呢!

坐在窗前,听春雨滴滴答答,淅淅沥沥,似浅吟低唱,似咏诗作画,似哼小曲,似啜新茶。我,一心安闲,感觉真是很美妙哎!

春日听雨,如儿时一样童真,一无挂碍,不急,不盼,不等,安然陶醉,一身轻松,真是难得的好光景!

闭上眼,听窗外的天籁之声,内心轻巧充盈,没有生存的浮躁,感觉真好!我们的身边,一树一树的繁花都要绽开喽!

走在春风里

双休日，几个要好的同事叫我去挖野菜，一拍即合。

午饭后，相约在我们小区门口，然后出发。

先上河堤，再沿河堤向西，骑着电车，一路飞驰。在河滩里寻得一片没有长庄稼的空地，锁了车。

说是空地，也不对，裸露的土地上零零星星长着一些杂草，也不知有没有我们要找的野菜。

很好的天气，甚至都有了夏天似的温热。我们一边走一边寻找，童年时常见的一些野草陆陆续续地出现在视线里，心里不由得就兴奋起来。一边数着名字，一边相互交流。

想挖一些茵陈或者荠菜，但是，发现太少。倒是有种野菜很多，但不知能不能吃。不远处的麦田间有一位正在灌溉庄稼的老人，我们前去请教。老人告诉我们那是米蒿，可以吃的。

我们都特别兴奋，迅速进入角色。

每个人都拿出一个塑料袋子，开始了挖野菜的行动。

呀，真多！偌大的一片土地，什么庄稼也没有种下。刚才那位老者说这是块地黄田。可能还未到种地黄的季节，所以，就先空着，这可给野菜提供了机会，它们尽情地舒展自己的腰身，长得又大又嫩，不一会儿我们就挖了许多。

我的袋子挺大，可是，未多久，就装满了米蒿。

抬头看看同来的伙伴，她们正挖得起劲呢！我说，累了就过来休息吧，我可要择菜了。

说完，我就坐在了一块土埂上。

真好啊！春风轻轻地刮着，太阳暖暖地照着，麦田在我的四周漫延，我一棵一棵细心地择菜，心里不知道多安静。好久没有这样放松了，真的挺享受。在大自然中，我们就像一只自由的小鸟，身心舒展，无比自在。风轻轻刮，小鸟轻轻鸣叫，时间仿佛停止了一般。我感到日子是这样的悠闲。

同伴也过来了，分散地坐在我的身边。我们一边交流，一边陶醉地享受着大自然的美好。我从背包里掏出手机，放出一段轻音乐。然后一边择菜，一边陶醉。后来，我关掉了音乐。因为，我觉得，安静地坐在大自然中，感受它发出的各种声音，那美妙的轻响更让我沉醉。

午后的暖阳中，我们几个是真的醉了。静静地择菜，时不时抬头望望浩大的天空，感受春风的温柔。啊！真的是一种无法言说的幸福和轻松。

麦田里有两个干活的女人，也许被我们感染，竟然也过来挖野菜，看她们那喜悦的样子，一点都不亚于我们。

春天，坐在大地的怀抱中，真是一种暖暖的福气。仿佛自己与大地相连，拥有了许多地气，与大地一起变得生机勃勃，无限美好。

草儿变绿了，麦苗长高了，春天的风，像欢歌一样在大地上到处传送着快乐的消息。

要回去的时候，风更轻柔了，春风在我们脸颊上轻轻拂过，仿佛一只无限温柔的手在我们心上抚过。走在春风里，看着身边一望无际的绿色麦田，我们的心不知道有多美！这个下午，我们都深深地陶醉了。

相约看桃花

骑着电车，离开小城，我们来到城南的河堤上，尽情飞奔，奔向桃花林。

这是一个晴朗的春日下午，我和朋友相约来看桃花。

在河堤上远远看，是一片粉红色的海洋。走进来发现，这是一片无比美妙的乐园。每一朵花都那么美，它们密密麻麻地挤在桃树的枝头，仿佛一个个粉红色的小仙女，向你抛着媚眼，让你立马进入一个兴奋的状态。你会忍不住地赞叹，你会觉得自己心中的形容词太贫乏，怎么也表达不尽心中那美好的感觉。

此刻我就是这样的状态。虽然我觉得自己表达水平欠佳，但是，我带有法宝，我从背包里掏出相机。虽然我不能用最美的语言来表达出自己心中的所有美感，但是，我可以把这些桃花拍下来，带回去，一点点欣赏。

走进桃花林，我就忍不住掏出了相机。我和朋友兴奋地在桃树下摆出各种姿势，与桃花合影。

仿佛这是一片无边无际的桃花林，走进去，就看不到外面的世界。抬头是印着桃花的天空，低头是平常的不能再平常的黄土地。在这天与地之间，桃树一排排，一列列，枝枝相交，把粉嘟嘟的花儿铺满我的视线。到处都是粉色的花，有的透着粉白，有的透着玫红，一朵挨着一朵，那么娇艳！叫人感叹。

一个中年男人正在树下锄草，看到我和朋友喜悦的样子，告诉我们，穿过桃林，那边有沙滩有河水，赏花累了，可以去那里休息。

啊，真是一个美好的下午！

在桃林中留恋，拍照，沉醉。然后，我们去桃花林那边寻找河流。果然有沙滩，有小河，河水静静流着。

真是一个好去处！我们在河边的沙滩上坐下，不远处，传来一阵悦耳的鸟鸣，放眼望去，只见几只鸟儿停在杨树上，与河对岸的鸟儿对歌似的一唱一和。

午后的阳光照在我们身上，清脆的鸟叫声使得周围更加安静，我的身心完全放松下来。天空是那么高远，沙滩是如此舒缓，小河里的水，安安静静地流淌，一切是那么和谐！河水中间露出来的小沙洲上也有几只鸟，仿佛怕我们睡着了一般，叽叽啼鸣。我想起古诗的意境：关关雎鸠，在河之洲。不正是此时此刻的写照吗？

我和朋友，谁也不舍得大声说话，低低地交谈着。我想起王维"空山新雨后，天气晚来秋"中的空山，还想起某个诗人"返景照深林"的诗句。这真是唯美的空间与诗意的天地！

也不知道过了多久，意念仿佛棉花一般松软。真的不想回去，可是，我和朋友说好还要再回桃林欣赏桃花呢，就起身走出沙滩走过杨树林，再次走进了桃树林。

桃树的间距挺大，中间仿佛一条小马路。可是，桃树的老树干不高，有的不到半米，有的甚至一长出地面就开始分叉，长出来的桃枝在空中伸展，这边的和那边的在空中相接。从桃树下看桃花，空中一片粉色的云霞，真是美得很！

大概太陶醉了吧，我突发奇想，想捡一些花瓣带回家去。朋友听了，帮我捡拾，无意中撞到了一枝桃花，花瓣竟然纷纷落下，啊，落英缤纷的意境真美！

我捡拾着胭脂一般的桃花瓣，眼里心里全是诗一样的浪漫了。真美的花啊，不走进桃花林，真的不懂桃花的美！

手中的桃花瓣越来越多，玉一般让我迷恋。

不知不觉，时间过去。

该回去了。我呢，除了拍照，又捡了许多花瓣，心里呢，直觉得这个下午，过得值了。

恋恋不舍地走出桃花林，恋恋不舍地在河堤上回头和云霞般的桃花林告别，带着一肚子的满足，我和朋友飞车回到了城里。

春天的野菜

最近几年,每年春天都要挖野菜。

才过了元宵节,就有朋友唤我去挖野菜。然而,野菜还太小。就和朋友在河滩上悠闲地走,就像小时候两个小伙伴出去玩,玩什么都不重要,两个人边走边聊。看见天空蓝得好看就驻足欣赏一会儿,看见河水哗哗流动也感叹一番,看见一片沙滩沙质细软,就天真地去抓一把细细把玩。总之,过了年,人们的心里都开始喜欢春天。春天的天空,开始变得绵软,春天的云彩开始变得更轻盈,春天的阳光像新点起的炉火渐渐有了暖洋洋的温度,春天的风像花儿一样渐渐有了香甜,春天的鸟儿啼鸣,婉转动听,春天的小草新生儿一样迅速旺长。

就在这样的天气里,人们像与大地约好了一样,都开始出去寻找,寻找各种野菜,寻找春天的各种馈赠,仿佛吃了野菜才有了真正的春天。

那天,朋友再次约我去挖野菜。是双休日,两个人骑了电动车,早早出发,天虽然有点冷,但是,我们的心却乐滋滋的。上了河堤,一直向东,跑了二三十里地,到朋友的老家附近去挖茵陈。

整整一个中午，朋友看见茵陈，如见黄金，不停地找呀挖呀，装了满满两个手提包。我因为颈椎的问题，只挖了一些，便坐在田垄上，一边休息，一边择菜。河堤下的麦苗绿油油在眼前铺展，我权作欣赏风景了。也有附近村子的大妈提着小篮子在做着和我们一样的事情。看她们每个人都挖得特别认真，朋友和她们交流挖野菜的经验，一如遇见老朋友一般熟悉。

一直到下午两点我们才回到了家。那次回来，我受凉感冒，付出了痛苦的代价。然而，吃野菜的时候仍是欢喜的。把茵陈择好，反复淘洗，用热水焯了，不起眼的茵陈竟完全变了样，绿得让你只想啧啧称叹。那真是春天的颜色，再没有那样新的绿色，吃在口中，再没有那么朴素的清香。新春的大地，仿佛给足了它们滋养，而我们要的就是这样一种春天的滋润。

三月茵陈四月蒿，人们吃的第一道菜就是一开春就长出来的茵陈。

荠菜也是不错的，春天刚过，荠菜便开始旺长，挖了来，吃饺子，味道真是很不错。

米蒿，清热解毒，随处可见，做成蒸菜，拌上香油，也是春天最好的味道。

人们在大地上寻找，也不忘记抬头寻找，柳叶儿败火，槐花香甜。春天来了，一道接一道的美味进入人们的视线。人们对春天的热爱，总是让人言说不尽。欣赏美景好像与春天接触不充分似的，把春天的味道融化在心中，与春天一起成长才更让人难忘。人们就是这样，热爱着春天，热爱着生命，热爱着生活。

提着大包小包，走在天空下，走在大地上，人们寻找着，感受着，交谈着野菜的种种好处，收获着与春天一般明媚快乐的心情，拥有大地最新最美的滋养，话里话外，都洋溢着这一年最初的满足与幸福。

那天，老公看见同事在单位大院里挖野菜，竟然也捎回来一堆野菜，择了，洗净，做成蒸菜，用精盐香油拌好，端上餐桌，很快就没了影子。

虽然没有大鱼大肉的那种香，但是，朴素里蕴含着春天最清新的味道。

　　春天里来挖野菜，其实不单单是为了吃，这是春天最好的一种运动。新年过后，为了尽早走出冬日的郁闷，人们来在春天的大地上，寻着大地的变化，找寻刚出芽的小菜苗，那么认真，那么快乐，锻炼了身体，放松了心情，收获了美味。让生活多了春的清新与喜悦，把生命融进最新鲜的滋养，让自己与春天一起复苏，让自己的心情与大地一起春暖花开，快快乐乐地开启这一年的新生活，这才是最大的收获！

春深绿如海

早晨，我正在长堤上锻炼，一个开着电动三轮车的胖女人停在我身旁向我打听，有没有人向我询问，卖红薯苗的在哪儿？我说没有啊，听说她种有红薯苗，我一下子来了兴趣。因为，我楼下小菜园里有片空地。我想插上红薯苗，等红薯苗长起来了，采些红薯叶当菜吃。因为最近几年，微信上有文章宣传红薯叶的营养价值挺高。我正不知道去哪里买来红薯苗呢！和眼前的胖女人聊起我的想法，她说："你可以去我的园子里看看呀，我的园子里有红薯苗，还有洋葱，大葱，花椒呢！"我听了觉得挺有意思，就上了她的三轮车。三轮车沿着长堤向河滩里走，很快就来到了她的园子。

真是挺不错的。她的园子里，果然有花椒树，叶子密集；有大葱苗，顶端长着圆球状的葱籽；有洋葱苗，一个个撒开叶子像藏了一身力量。红薯苗长在塑料大棚里，挤挤挨挨。在我们兴致勃勃欣赏园子里的蔬菜时，胖女人说的那群买红薯苗的人过来了，一堆人热热闹闹下了车，看红薯苗，和胖女人谈价钱。

我呢，则继续在园子里溜达，东瞅瞅西望望，欣赏胖女人的杰作。

然后拿出手机，拍拍这儿，拍拍那儿，那排列齐整的洋葱苗看起来还真是一片小风景。园子里还有梨树，我在梨树下拍照，虽然果子还小，但对我们这些生活在城里的人来说，都很新奇，是一份小小的童趣。

胖女人在给买红薯苗的人采红薯苗了，忙忙碌碌挺兴奋。我呢，在园子里看够了，就沿着田间的土路回去，等到把小菜园收拾好了再来买红薯苗。

其实胖女人的园子在河滩里，河滩里大部分地方是绿色的麦田，麦子已经长了麦穗，有风吹过，会发出轻响，很好听。我向远处望，到处都是绿色。风过之处，掀起微微的绿浪，挺好看！

天阴着，不冷也不热，让人感觉很舒服。沿着田间小路，走在麦田间，有一阵子，我仿佛回到童年。童年里，我经常在下午放学后去田间拔草。印象最深的就是麦田，一望无际，碧绿如海，简单却有着大气的美好。

在小路边，我看到一些粉紫色的小花，正在绽放，而一些小白花，也有一种自然的美。有风吹过，小花轻轻摇曳，仿佛悄然诉说着春天的美好。我很陶醉，长堤旁的大白杨在风的吹拂下，发出哗啦啦的声响，仿佛海涛，更加渲染了麦田的安静。

我走上长堤，回头望，觉得春深，绿如海，真美！

春天，各种植物都在成长。长堤旁，高高的大白杨，绿叶密如山墙。低低的女贞树，如青蘑菇一样。草坡上，各种小草小花也在成长。大自然，生机无限。走在各种新绿的包围中，我的心生机盎然。

春深绿如海。这个早上，我仿佛去旅游一样，参观了胖女人的园子，然后整个身心被河滩里绿色的麦田包围，在各种绿色的植物里沉醉，觉得这个世界真好！

沿着长堤回去，在路口骑上我的电车，感受着长堤两侧高高低低的绿色，我，一如行在绿色的大海上，在乘风破浪。

相遇美好

清明节前,去大姐家看望母亲。路远,天冷,回来的时候,我想在小城的公园稍作休息。

才进去,便发现一片梨树,花开正浓,满树花朵,挤挤挨挨,一下子就吸引了我。我走上前去拍照,拍了一棵梨树,发现另一棵更美,便不停地拍起照片来。

拍了许久,发现不远处,有一片暗红的桃花开得更美,就挪步走过草坪上前。呀,这么多这么美的花朵!仿佛展翅的蝴蝶挤在一起,在树枝上灿烂。我身上的疲累瞬间被花儿融化,兴奋地拍花,然后与花树合影。

我把手机调成自拍功能,摆下各种表情与花儿一起变成风景。真美!一如初来之时拍梨树的花,拍了一棵,发现另一棵花朵更浓,树形更漂亮,就再与树亲密合影。好大一片桃树,玫红的,暗红的,花朵如此浓烈,在眼前灿烂,与对面的梨树林遥遥相对,仿佛比美。梨花白得纯洁,桃花红得浓烈。叫人禁不住在心中赞叹。

放眼望去,发现公园有许多花树,都在怒放。白玉兰的美自不必说,如飞鸟一般优美的花朵在公园的另一些角落绽放,我移步向前。

公园里的人不多,许多没有见过的花草被布置在公园的角角落落,我一边走一边拍照,一大丛黄色的小花美滋滋地趴在草丛中,一大片海棠树出现在视线中,我已经忘记了白玉兰的美,我走向这片高大的海棠树林。置身树林中,我再次兴奋地拍照。真美呀!我一边拍一边感叹。我居住的小城也有这样高端大气上档次的植物公园了!青春的时候,我曾经多少次做过这样的梦!

公园的长椅干干净净,随处可见,拍照累了,我坐下休息,心里甜滋滋地想,一个小城,有几座体面的公园真好!我们可以在闲暇时,来这里散散心,放松一下神经,在花草中休闲地散步,呼吸新鲜的空气,获得美好暖心的滋润,让生活着上甜美的诗意。这真是一种幸福!

一个女孩牵着一个毛色漂亮的小狗在远处溜达,她的心里一定和我一样,也有着说不完的温暖与幸福吧!

我坐在公园的长椅上,望着近处远处的花花草草,思绪里飘满了说不尽的惬意。这个下午,在小城的公园,我相遇美好,收获美好,心里特别温暖别样幸福。我觉得家乡是越来越美好了,我们的生活也越来越甘甜了!

草坡　麦田　大自然

我居住的小城之南有一条河，河道很宽，河旁有堤岸。岸上有路。

那天，我骑着赛车，上了河堤，没有向西，而是穿桥而过，去了河的南岸。

以为，河那边一定也很有意思，可是，穿过长桥，走了那么久，到了河那边才知道，原来，还是这边更好。

因为，长桥上人多，打破了清晨的宁静，而且，河那边正在修一段路，路面被车辆轧得高低不平。

不久我就折了回来，过了长桥，来到河这岸。风景还是这边独好！

有时候，常常想，我为什么会如此喜欢这个地方？

很快就理出了头绪。

才上河堤，旁边就有几排大白杨。这白杨形成一堵绿色的长廊，白杨的树冠正与河堤上的路在一个水平线上，满树心形叶子生机勃勃，风一吹，哗啦啦，奏出气势磅礴的交响曲，仿佛在列队欢迎我一样，让我觉得特别舒爽。

向西，在护河坝两侧，弯弯的垂柳树冠一个挨着一个，在风中飘摇着满树翠绿的叶子，特别养心养眼。

河堤内，从东到西，是大片的麦田。开始麦田是绿的，水润润，不知道多有气势。随着时间的变化，一天天，色彩也变化起来，青绿，青黄，现如今已经成了金黄色，一大片一大片，从东漫延到西，从西铺展到东，我称河滩为麦浪河，那色彩真是漂亮。一如西方的油彩画，丰富而凝重。

更让人不能忘怀的是河岸的草坡。

河是地上河，河堤在地面上，为了护堤，堤坡上种满了青草，青草也不高，紧贴在堤坡上。一棵小草也许不太起眼，可是，这么多的草连在一起就有了气势，草坡上的草毛茸茸的，非常清新。

初春的时候，小草刚长起来，我常常想起"草色遥看近却无"的诗句。现在，堤坡上青青葱葱，看着，满心都是舒服。我常常看见飞鸟停在草坡上，呆呆地望着，或者一步步走着，感觉鸟儿也很陶醉呢！这里的鸟特别多，有飞在白杨树尖在风中与白杨一起舞蹈唱歌的，有停在柳树上把柳树当成天堂家园的，也有停在草坡上，直直地发着呆的。

偶尔遇到一些晨练的人，他们常常是自得其乐，一边沿着河堤慢跑，一边放着音乐，一脸幸福，一身无忧的样子。

每次，我骑赛车，上了河堤，就仿佛远离了尘世，什么都不再想。一路飞奔，眼前是层层叠叠的绿，身边是凉凉爽爽的风，仿佛飞行在一个天然的大氧吧里，心情舒展，快乐无边。

我想，以后，有了时间，我会带上一本书或者一个本子，来这里学习或者写点什么。坐在草坡上，看无边天空，看无际自然，听树叶簌簌发出声响，看飞鸟优雅飞落树间。我喜欢这样的美好！

曾经走出去，看过许多风景名胜，可是，每一次都是走马观花一般，不能好好品味把玩。

河堤的风景虽然普通，但是，就在身边，能让我每天走进去，停下来，好好舒展心灵，一草一木便也都成了我心中的风景。想起白居易的那句诗："最爱湖东行不足，绿杨阴里白沙堤。"便觉得这个天然的好去处更有诗意和韵味了。

秋　颂

一到秋天，天空就像被谁挖去了一大块似的，显得高远起来。

最妙的还是天上的云，也不知从哪里涌来了，头顶上常常有一堆一堆的云变幻着，把人们的心情都感染得浪漫起来。

我是最容易被感动的一个。

比如，今天早上我到堤上去锻炼的时候，天上一层层的云满天铺展着，太阳呢，正从一群暗灰色的云中隐隐约约地透出光来，那情景真是别样壮观！走着走着，头上的白云四处飘移飞散，有的像鱼鳞排列，有的像美女颈上的丝巾被风吹展，掠过天际，还有的像大海上的浪花被涌动卷起仿佛要溅出水花来，很有动感。走着看着，云也变化着，一会儿云隙中透出蓝得如润玉一般的天空，与云相映相衬，更增加了头顶上天空的壮丽。太阳一会儿从云中透出来，一会儿又隐在云后面，仿佛与地上的人捉迷藏一般。走在大树小草旁，我的心常常非常陶醉。

我一边走，一边抬头看天空，云越来越淡，仿佛一团一团刚刚弹好的新棉絮让人想去采来一些，而天空呢，越来越蓝，我的心越来越舒展。这就是秋天，仿佛一个充满魔幻的季节，让人们的心里充满浪漫。

一到秋天，我就特别喜欢吃葡萄，每次锻炼结束，从大桥旁的水果店经过的时候，我都要买些葡萄回去。黑红色的巨峰特别甜，回家去用清水洗了，轻轻地撕开葡萄皮，露出水莹莹的果肉来，放进嘴里，甜甜的味道会醉到心里，仿佛这就是秋天的味道。经历了春的成长，夏的吸收，在秋天浓缩成一心的甘甜，滋味足足的，让人忘不掉。苹果、梨、橘子这时候显得太普通了。我最爱的仍是葡萄，仿佛葡萄最像秋天这个季节，甜甜酸酸，浓情蜜意，让人觉着可心。能代表这个季节的水果还有石榴，荥阳的软籽石榴最好，我们每年都要开车去采摘，那玫红的石榴籽仿佛珠玉一般，色彩华丽，味道甘甜，一如秋天的华丽与浪漫。说秋天是个华丽的季节，一点儿都不错，金色的玉米，青色的枣子，红色的苹果，各种新鲜的粮食与水果全都上市了，看得人眼花缭乱，心却灿烂成一片五颜六色的海洋。

秋天的天气不冷不热，秋天的阳光金光灿灿，秋天的小虫合唱成一曲水一样柔情曼妙的交响，秋天的树叶在这样的季节魔术一样也在变幻。

是的，现在还是绿色的，可是，不久，就会变黄或者变红，然后一树树色彩斑斓，再后一叶叶飘落，大地从深绿变黄变红，经过五彩斑斓的幻化，然后进入寒冷的冬季。

秋天是浪漫的，秋天是甜蜜的，秋天是诗意的。

满天的云朵，满地的瓜果，满树的黄叶，在这样的季节，我们该明白些什么呢？春天你可以盼望着，夏天你要经历些风雨，秋天，你可以一心浪漫一心收获，但是，收获之后，你要清醒，把自己归零，进入蕴藏的境界，重新布置生命，经过冬的积聚，重新开始新一轮的生命征程。

这样看来，秋天真是个丰富又智慧的季节。它让人享受丰收的喜悦，也让人学会冷静反思。是的，我们享受丰收，也要学会归零，学会重新积聚，重新开始，只有这样，才能迎来下一年的丰收，才能拥有更厚重的幸福！

我，真喜欢秋天！

雪花，雪花

午后三点多，一直淋漓不止的冬雨，摇身一变，开出了白色的雪花，满天的飘啊飘。

今年的十月一，因为未下雪，天气并未真正地冷起来。现在已经是农历十一月初了，从昨天开始，天气是真正的冷了。冬雨沥沥地下着，大地湿湿的，树木湿湿的，房子湿湿的，小区里楼前楼后，人们种下的各种青菜湿湿的。天气预报说，中雨会变成初雪，果然，当气温下降之后，下午三点，雨点变了，冷风中，一朵朵雪花诗意地飘出来，正如千朵万朵的梨花开放了一样，楼前楼后，变成了雪花的世界。

下雪了，真好！

我站在阳台的玻璃窗前，望着窗外的雪花，呆呆地遐想着……

抬头看天空时，雪花离这个世界还远，仿佛一堆急着要飞赴大地的蚊子，闹闹哄哄地从灰色的没有生气的天上往下赶，那影子很小，很乱，很拥挤，很热闹。可是，当雪花离我们的视线越近，飘在头顶，或者眼前的时候，就变了，变得那么好看，一片片像盛开的小雪莲很纯洁很诗意，当目光平视远望的时候，我发现，空中的雪花很悠然，仿佛天上的仙女在散落一缕缕暖人的棉絮,飘啊飘啊,落不到头,又仿佛一堆堆芦花在眼前飞啊飞,飞出无尽的梦境来,还仿佛一群群小精灵在空中跳着舞蹈,转啊转。平日里普通的世界,因了这些雪花整个变成诗意的仙界。

坐在电暖器的暖光中,望着窗外飞舞不尽的雪花,整个家也变得仿佛童话里的小屋子,极度地温馨起来。

静静的家,静静地飘着的满世界雪花,冬的祥瑞一下子就跑进了生活的每一个角落。

冬天,下雪了的冬天才是真正的冬天。

心像冬眠了一样安静,日子进入了一个沉默孕育新生的季节。穿上更厚实的衣服,人们学会了关爱自己,有收敛,更有向往。生活就是这样,千娇百媚,转出人生的姿态来。

一天有多美

　　一天有多美呢？
　　早上，太阳很金黄，虽然是冬天，但是却似初春一般透亮。从会议室走向办公室的时候，我特意地瞅了瞅眼前的阳光，真好啊！金灿灿的，像一块绸缎，让我欢喜。
　　风有点冷，但是阳光很帅气，很漂亮。中午课间操的时候，我站在校园里，抬头望天，天空如一片海似的又大又蓝，我总是很喜欢望着天空发呆。我留心好多次了，只要是晴天，无论在春日或者秋天和初冬，天空总是像一个极大的溜冰场，让像我一样爱幻想的女子把心放上去飞翔。我总是不辜负老天的一片苦心，完全把自己的心搁进去，连走路都会望着天，不懂得我的人一定会觉得我有点呆，走路要看路，瞧那个女子就爱看着头顶的天。
　　晴朗的日子，天空都是超出想象的又大又白或者又大又蓝，有时候无云，仿佛一块透亮的大玻璃，要多润泽就有多润泽。这时候，我一边走一边用想象出来的长手去抚摸光滑明净透亮与美丽的天空，我的心仿佛丢在了上面，回到家会再从阳台上久久地观望，直到有人呼唤或者夕阳弄模糊了那一片天。

真好啊！在春日或者在秋天和初冬，我会常常变成一个傻呆呆的女子，为头顶那片天如痴如醉。我不知道别人发现这个秘密没有，我也不想对别人诉说，人家总是生活得那么忙，怎会有这份心事？说不定还会笑我闲着没事干，傻呆呆呢！

所以，每当我发现一个很好的日子，天空又出现了让我耳目一新的感觉时，我就悄悄地一个人傻呆呆地沉醉着，在路上，在屋里，在任何一个地方，我都会痴痴地把心放在天上。

有时候，天上有云，是白云，又轻巧，又绵软，或者一朵，或者一大片，或者一团团，我就更爱发呆了。

瞧，那些云是多么俏皮啊，一会儿变成个小羊，一会儿变成个大狗，一会儿又狂奔如马，一会儿缠绵如风情女子，一会儿像海浪，一会儿像大床，真有意思！这时候，我的心变得像天空一样有魔力，一会儿这样，一会儿那样，充满了快乐充满了童真，心里就像有一个透明的玻璃，被天空折射出五颜六色的画面，好像生活也被无数次地变幻了一样，极其新鲜，极其有滋味。

下午的时候，天空仍然很美，又大又亮，着上太阳红色的光晕，不知道有多诗意多传神！

一天有多美呢？有时候，我常常想，人要是活得简单一点，看看头顶的天，身边的景，感觉会有多纯洁多浪漫多快乐呢？

可惜我们总是被生活所累，总是容易忘记自己到底是该给自己一些悠闲，欣赏只能来一趟的这个世界，还是该多去忙碌争取自己在这个世界上物质的丰厚？

一天有多美，让我们放慢自己的脚步，好好琢磨一下生活最快乐的滋味！

我多想给你说些美好的语言

今年冬天飘了三次雪花。

第一次下雪的时候，我从单位回家。在路上看到雪花飘起来，一片一片像浮在空中的小鹅毛，心里就很喜悦。回家去的时候，我就想，下吧下吧，等下大了，我再出去踏雪，欣赏那白色的童话世界，听棉鞋在雪里面踩出的咯吱咯吱声。

一下雪，天气就冷，仿佛冰天雪地是一对形影不离的璧人。这时候在家里也不想做什么事。突发奇想，我就清洗了我的墨绿色小茶具，拿出女儿的对象送给我们的武夷山红茶，泡起红茶来。冰天雪地，一个人在家里喝茶，应该是一件颇有情致的雅事。

煮一壶水，用沸水洗了茶，然后倒掉，再泡上一小壶。不急不慌地等上几分钟，放一些轻音乐，等红茶出香了，在茶盘的几个小茶杯里都倒满。然后，一个人端起小茶杯，喝完这杯喝那杯，仿佛每个小茶杯都成了我的小伙伴，等着我去约会。

小茶杯光光亮亮很精致，我拿在手中，闻着缕缕茶香，然后把它们喝进肚子里，渐渐地心里便暖暖的，仿佛有了春天的阳光。

老公还没有下班，孩子们在远方。我一个人坐在桌前，就着灯光，喝着茶，然后望一眼阳台那边玻璃窗外飘着的雪花，心是安静的。因为身边有茶，外边有雪花。淡淡的茶香仿佛与雪花融在了一起，我的心醉醉的，在寒冷的冬天里感到一种舒服的满足。

　　我以为雪花会越下越大。可是，老公回来的时候告诉我，外面已经不下雪了。

　　第二次下雪的时候，是晚饭后，我和老公牵着儿子的金毛去大街上遛。

　　金毛身量很大，我牵着它，它常常把我拉向它想去的地方，我控制不住它。老公牵着它的时候好一点，老公比我有力量，它瞎跑的时候，老公吼它一声，它会立马变得听话点。我们从家里出来的时候，雪下得还不太大。我们到街对面去。遇见一个熟人，是老公的朋友，我们都认识，好久不见，就停下来聊天。老公一边拉着金毛，一边和朋友聊天。雪花就在这时候，下大了，一片一片从空中落下来，满天空像飘着无数的小精灵，落在老公和朋友的眼前，落在东瞅西望的金毛身上。因为老公和朋友聊得很热烈，我觉得雪花也变得很热烈，一朵一朵地飘啊飘啊，把整个大街飘成一个梦一样的世界。

　　雪下大了，老公的朋友走了。我和老公牵着金毛回家去。夜晚的大街是灯火的海洋，现在飘满了雪花，大朵大朵的雪花与金色的白色的灯光纠缠在一起，整个大街变成了一条涌动着诗意的唯美的河流。

　　就在这样的雪花与灯光的河流中，我和老公牵着金毛回家去。我感到冬的寒冷里开始流淌着说不尽的温馨与祥瑞。

　　老公把金毛在地下室安置好，上楼去了。我不想上楼，站在楼梯口，仰面赏雪，看雪花从天上飘下来，被楼梯口的灯光照亮，像一群晶莹的小星星一样漂亮。

　　仿佛有一个隐形的巨人，在导演着一场大场景的唯美，我感到这世界真是精致与奇妙！

　　我在楼下待了很久，仿佛与雪花成了最好的朋友。

第二天起床，我以为外面有雪花造成的梦境，打开窗，却不见雪国的童话。

第三次下雪的时候，又是傍晚。我早早吃了饭，下楼去。遇见一个正要上楼的邻居，她穿着厚厚的家居服，瑟瑟缩缩地告诉我，下雪了，外面可冷了。意思是让我别出门了。我却说正想出去走走。

是的，我想到雪地里走走。我喜欢下雪的日子，那是多么不同凡响的日子。满天里涌起了奇异的童话，那雪花，从哪一片天空来呢？它们到这世界做什么呢？不过是让我们的心变得童真一点，少一点俗气，多一点美好吧！

我特别喜欢仰头赏雪，尤其是在有灿烂灯光的夜里。

那雪花，从广大的天宇中飘下来了，穿过风的阻碍，经过灯光的雕琢，像一群可爱的小仙女，像一群会说话的小星星，像一群晶亮晶亮的小碎玉，飘飘忽忽急急忙忙奔赴大地，把夜空下的大街装点得美轮美奂，像一条灌满了各种灯光和雪花的河流，有着谁也制造不出来的唯美意境，让我感到冬天的精彩与妙曼。

我一个人走在飘飘悠悠的雪花中，心情是美而舒缓的。仿佛流动着一首美好之极的雪的小夜曲，我无比沉醉。

下雪了，真好！我一个人在雪中走着陶醉着，看到雪花在地上落了薄薄一层，特别晶莹，弯腰用手去轻轻地捡取。雪花太轻了，我竟拾不起来，只看到它们在夜灯下亮晶晶的仿佛一层闪着光的小羽毛。

我把手放在空中，去接一朵又一朵大一点的雪花。这游戏让我非常快乐，我便不厌其烦地在空中接了一朵又一朵。我用手心去迎接雪花，它们仿佛小精灵落在我手上，那么精巧，那么轻盈，那么美好，一会儿就不见了，我想它们是融化到我心里去了。我是那样地爱极了它们的美妙！

冬天是平凡的，了无生机中，上帝派一场又一场雪花来提醒我们，世界是美好的，唯有像雪花一样让心灵纯净，生活才会变得雪花一样唯美。

下雪了，真好！

走在纷纷扬扬的雪花中，我多想给你说一些美好的语言！

冬天的风景

题目有点老套，许多人一定以为冬天的风景是一场下得酣畅淋漓的大雪，要那样想，冬天这个季节就太枯燥了。大雪不常下，一冬也就那么几场，有时候盼了一冬，一场雪也没有。

今天中午，我去大堤上散步的时候，才发现冬天的风景在天上。当然，我这样说的时候，天气是晴朗的，太阳高挂在天上，天空瓦蓝，天边有白云。

这样的时刻，冬天还是很多的，因为冬天不会一直是阴天。

也就是说冬天的晴朗中午，到一个高处去，会看到一种别样的风景在天上为你呈现。

我去堤上的时候，已经十点，阳光很光灿，我把电动车锁在河堤旁边。一个人，懒地向前去，既不刻意锻炼，走得那么急，也不打开手机的音乐，让自己的心完全沉浸在自然里。

自然里有什么呢？

堤坡上大部分的草已经枯了，大部分树上的叶子已经落了，这有什么好看呢？

我把目光投向远方，小城就在河堤下的不远处，一座座楼盘高低起伏，在蓝天之下显得特别温馨。这大概是冬天带来的感觉。因为寒冷，所以才更感觉可贵，仿佛那是冬天世上温暖的摇篮。我现在从小城走出来了，我一会儿还要回到那里去。

小城的远处，与天空交接的地方，我看到了山，如一面高高的城墙护着小城又隔着蓝天。说到山，我又开始在内心里笑自己。小时候，不懂得抬头把目光向远处望，觉得家乡没有大山我曾有过抱怨，现在来河堤上经常看见，南山北山都仿佛笑我小时候无知眼界小，明显地在天空下呈现，尽管我知道很远。

山影之下，我真喜欢这片蓝天。

大地的枯索衬得天空更加明丽，也许寒冷使得空气更加纯净，那天上的蓝纯净温暖绵软。

有一排白色的云像拉开战线的海浪缓缓地向前挥洒，一会儿像一条巨大的丝巾，一会儿像拉开的白色棉絮，丝丝缕缕，变幻向前。

月牙还在蓝天上。

我走在堤上，感觉像走在巨大的画幅之下，天是那么蓝，那云丝丝缕缕飘呀飘呀，一会儿变幻出多种模样，棉白的云与蓝得可人的天空相映相衬，说不尽的大气与美好。

阳光金灿灿。我下到河滩里，田地空旷，太阳暖洋洋。我回头，发现河堤上的女贞树蘑菇样的树影印在落尽树叶的大白杨树杈上，仿佛那里挂了一排大鸟巢，而这一切都印在河堤上那片纯蓝的天空上。真是一种别样的体验，一切都那么美好！

我走回河堤，发现，我又回到天空这幅巨画之下。

大地空荡，小城温暖，远山如天空的城墙，仿佛怕世人爬上天去破坏那份纯净的美好。

金黄的冬阳，蓝得无限诗意的天空，变幻无边的白云，构成冬天最美的风景。

月牙也仿佛无限留恋，渐渐被白云追上，仿佛拉来半遮容颜。

我一边陶醉，一边感慨，这冬天的风景在天上，天空如海一样纯净美好，白云如海浪一样一排排潇洒浪漫。

我自己是不是也是一道风景呢？

穿着花色的大羽绒服，围着玫红色大围巾，我陶醉地走在河堤上，独与天地精神往来，不被冬天的寒意困扰，欣赏着天地之大美，心如海一样广阔，如云一样变幻多彩。

走过岁月的一道又一道门坎，我第一次觉得冬天的风景，应该在无边的天空上。

第二辑　陌上花开，
　　　　花香缓缓而来

陌上花开，花香缓缓而来，一如心灵里的智慧，将生命涂上甘甜的滋味。

春从江南来

　　清静的午后，读完了手中的书，刚放下来，手机响了一下。拾起手机，发现在武大求学的女儿在微信里给我发来两张照片。点开了，一朵红润的梅花出现在眼前，再看另一幅，一片春意浓郁的梅园出现在眼前。这两幅画，让我忽然想念起曾经在武大的那段日子来了。

　　那年，女儿考研面试，因为她没有一个人在外地生活的经验，我怕她一个人孤单，就陪同前往，住在武大校园外面的宾馆。女儿去面试的时候，我就在武大的校园里闲逛，正是樱花将要开放的时节。在校园里，看到一片园子，玫红色的小花朵星星点点绽放在枝头，我以为是樱花，兴奋不已，停下来拍照。园子里许多游人和我一样，在花树下留恋，赏花。尽管那时刚下过一场小雨，树下泥泞，还是没有阻挡住人们赏花的脚步。黑黑的枝干上那些红红的小花朵，在早春无异点亮了人们心中的诗情与浪漫。

　　只是，后来，才知道，那个园子里开花的树并不是樱花，那是武大的梅园。（那时候，家乡还没有公园，也没有樱花，不像现在，到处都可以看到樱花）武大的校园到处都是枝干繁茂的老树，仿佛一个植物公园，在这个枝繁叶茂的校园中，有几个园子，听名字就叫人向往，那就是梅园，桂园，樱园，枫园。

　　武大的校园很大，我在那里玩了一周多也没有找到桂园，不是桂花开放的季节，我想即使找到，也一定会失望。倒是一走进武大我就踏入了梅园，欣赏了那早春的梅花。后来的几天里，樱园的樱花逐渐开放，我留恋在樱花大道，每天赏花，每天收获美好，记住了那一片轻巧似梦的花海，有了一段温馨的记忆。

　　如今，不过才到元宵节，北方的天气还在数九中，而武大梅园的梅花就已经如此春意盎然了，真叫人喜悦。看着女儿发来的图片，那树枝歪斜的梅树，梅树上星星点点的新红，小花朵里漾出来的春意，我的心轻轻地着上了一层浅浅的喜悦。春从江南来，不久即会到身边。春天，盼望着，喜悦着，看着大自然一点点在身边着上新润的色彩，闭上眼都觉得梦是软的，暖的，美滋滋的。

春天的美

春天的美，真是言说不尽！

才过了冬天，阳光普照，大地上一点点变化就会叫人惊喜。

灰土土的地上长出了嫩绿的小草，瑟缩了一冬的心里便会漾起一阵幸福，呀，春天要来了。

那天从教学楼前经过，正是课间，满院孩子在阳光下奔跑嬉戏。二楼走廊外一棵柳树嫩嫩的树冠出现在我的视线里，我不由驻足欣赏。古人的"二月春风似剪刀，万条垂下绿丝绦"写的是多么准确！一棵垂柳长在校园的教学楼前，闪着一身青春气息。在柔软如水波的枝条上，柳叶如花，三四片小叶子包着一个毛笔头样的小柳穗，花朵一般排列有序。极细的枝条，极嫩的柳叶与柳穗，在风中轻轻荡漾，仿佛在春风里荡起秋千，轻轻柔柔，又如垂下绿色的小小河流，加上阳光的暖照，灿然，秀美，染绿我的心房，迷离我的双眼，醉了我的情思。

我估计了一下，柳枝大约有四五米长，风一吹，那么多条柳枝轻轻飘荡，如梦如幻，拴住我的心思。我掏出手机拍照，想留住这美的影子。

今天翻看手机，一堆嫩绿出现在眼前，心里一下子又有了感慨。

是呀，春天，真美！一棵小草，一堆柳叶，就足以叫人心怀美好！

而小区里，这儿一棵树要开花了，那儿一棵树要开花了，我从树下经过，我从窗户望到，心里的感情仿佛春水一样，渐渐温柔美妙起来。

是的，春天的美，无处不在。一片新叶长出来了，一棵老树发新芽了，一田麦子油绿起来了，一大片一大片青草隐约长成风景了。每一天都有新变化，每一天都有新色彩。在这样的季节里，我们的心情一天天曼妙起来。草长莺飞，花开遍地。这样的季节，随便走在天空下，都觉得美好无限。阳光暖暖地照着，微风轻轻地吹着，空气一天天香起来了，鸟儿欢欢喜喜地叫着，我们的心，怎会不美滋滋的？

春天的美，就这样堆在了心头，温暖了我们的每一根神经。

一步一步达到

睡了一冬的懒觉,春天来了,还不想早起,然而,时间久了,自己都发现不好。早上的空气那么好,错过了实在可惜。于是,下了决心要早起,这几天,还好,都起来了。今天早上,六点半起床。

简单洗漱,出去,小区里锻炼的人挺多,我就向小区外面走。路上的行人来来往往,都似乎很忙碌。我沿着小区向南,转往东,想到远一点的河堤去,然而,心里却懒懒的,不想走那么远。可是,一边走一边想,走到哪儿算哪儿吧,常去锻炼的那条路确实有点远,今天,腿还是有点不太舒服。可是,走着走着,就来到了那条宽阔的大路上,走着走着,就走上了堤坡,走着走着,所有的懒惰情绪就飘散无影踪了。

有时候倒着走,锻炼腰肌,有时候,向前走,看着自己在思想不通达的情况下,也走了这么远,挺有感触。

其实,很多事都是这样,我们怕达不到,于是,一开始心里就不相信自己,犹犹豫豫,但是,疑惑中还是坚持了下来,于是,事情并没有我们想象得那么难,都做到了。

在生活中要敢于给自己设置目标,然后,一点点去做,只要做了,总会有收获，说不定就实现了，实现了就有了说不完的快乐。

　　人生也是这样，只要敢于去做，一点点去做，一步一步向前走，一步一步就达到了目标。那快乐，是想不到的好。

　　这一段时间，一直在看一个节目《了不起的挑战》，感觉非常好。生活中总是存在太多的挑战，只要敢于挑战，困难总会走过，平凡生活，敢于挑战，就非常了不起。

　　今后的生活，还要有目标，然后积极去做，就像今天，一步一步也就达到了，挺好。

时机到了

阴天，我仍旧出去锻炼。没有阳光的日子，终究有点闷，我骑着赛车，一路向南，去上河堤。半路上，抬头，发现树上隐隐有了一抹绿色，尽管看起来很不显眼，然而，那灰褐色的树枝上终究透出了春意，我的心里一阵喜悦。再看堤坡上，灰土里荒草间，小草也已经绿绿的一层了，真是草色遥看也有那么回事了。尽管天阴着，可是，春天已经一天天走近我们的生活了。

河堤上，路两旁的红叶梨一树一树全开花了。有花的感觉真美！

虽然是阴天，可是，春天来了，万物生长的时机是真的到了。这一段时间，天气比较干燥，尽管没有春雨滋润，万物也在一点点进行着自己的努力。

尽管天气阴晴不定，可是，万物萌发一直没有停止，所以，即使阴天，大树小树都在变绿，花在开，草在长，这是时机到了。

这让我想到了人生，如果，不管在什么年龄，我们一直在成长，那么，积累到一定时间，一定会发生一些变化，草长莺飞的时机到了，我们的收获也就灿烂可观了。

其实，人生就是这样，慢慢做，不停止，向前走，终会收获。就像今天，哪怕天阴着，可是，时机到了，花会一树一树地盛开，小草会一片一片地变绿，大树小树也会一棵一棵张扬起生命的色彩。我们所要做的，就是努力成长，不要停止。

在好的季节疯狂成长

这几日,每天中午做面条前,我都要下楼去我的小菜园里采一些菠菜。青葱的菠菜,真是一天一个样!才过了二月二,冬日的寒还未退尽,我发现它们已经挺起腰身来尽情舒展自己了。

冬天天冷的时候,菠菜还很小,所以,我用塑料纸把它们盖上,直到前一段时间下雪,我才把它们掀开。现在,还未到真正春暖花开的时候,但是,我发现它们已经一天一个样地长起来了,小小的菜园,已经被青葱的菠菜打扮得很有生机了。

采菠菜的时候,我的心里真是很喜悦。

我想到了人生,如果在困难的时候或者不适宜的时候我们只是有了梦想,那么,在合适的季节我们就应该让梦想疯狂成长。

人生,不过百年,在好的季节不成长,就会蹉跎一生。

春暖花就要开了,如果你还年轻,如果你还有梦想,如果我们还想成长,那么,就让我们在好的季节疯狂成长。长出自己的特色,长出自己的出息,长出自己心中所有的委屈,长成一片灿烂的景色,给自己安慰,让自己的人生不后悔!

即使你只是一朵很小很小的小花

　　早晨，去河堤上锻炼。才上了河堤，便看到河堤旁的草坡上绽放着一片又一片灿然的小黄花。花虽小，但是，挤挤挨挨，很多。放眼望去，小黄花一大片一大片挺身在杂草丛里，我的眼前一下子就觉得很灿烂。

　　是啊，即使是一朵很小很小的小花，开放了，也会给这个世界增添不少美感呢！

　　我沿着河堤去锻炼，是个晴天，阳光很灿烂，天空是一种纯净的浅蓝，偶尔一片云绵绵软软，很不错的天气。我一边运动，一边向前。

　　空气很清冽，如清凉的花溪让人陶醉。河堤外的女贞树仿佛长大了的青蘑菇，大白杨高高挺立在河滩旁，一园园新植的小树苗正在恬静成长。杂草丛里零星地睡着一些如大雨点一样的落叶，一切看起来都那么舒服。

　　回来的时候，我特地在杂草丛旁蹲下身来，寻找小黄花的根茎，我想知道是什么样的茎叶上长出了这样的小花。然而，杂草掩住了小花的茎叶，我拨开杂草才看到小花的根茎，原来，是这样的一棵小草，往日也见过。细长的根，细长的叶，细长的茎，软软地长在地上，也就是要开花了，才把细细的茎举得老高，它的茎虽然细，但是，弯弯曲曲在茎的顶端长出的花蕾可不少。

我细细数了数,一个茎上竟有十来个小小的花蕾。有的如麦粒一样,锁着花苞,有的已经绽放出小花,虽然很小,盛开的也不过如山中小野菊,直径不到两厘米。但是,由于多,一丛丛,一片片,在风中轻轻摇曳,很灿烂,很美丽,还是吸引了我的视线,让我停下来静心观赏。

是呀,即使是一朵很小很小的小花,在灿烂的春日里开放了,就自有自己的一片天地,一种美丽。

想起人生,想起平凡的我们,走在生活的平凡之处,如果,我们都以自己的方式,努力地绽放,即使普通,也自有自己的美好和成就!那是一种努力成长的收获,不哗众取宠,不炫耀招摇,这是生命的尊严,不必悲叹,不必自怜。

花开了,生命就完满了。这个世界,大白杨不会嘲笑小黄花,女贞树也不会嘲笑小黄花,杂草丛更是努力地托起这个小生命的轻唱。努力,生存,绽放,唱出生命的华彩乐章。风会送来温馨问候,阳光会撒下金色祝福,天空会让白云替它发出微笑,大地会给予厚实真诚的拥抱。

即使是一朵很小很小的小花,也要努力成长,开心绽放,世界会因此露出笑脸,我们都会送去真心的问候和祝福!

世界之美

啊，亲爱的上帝，我又来到了这条长堤上。每天早上，一起床，我就想到这里来报到。

尽管今天有点烦躁，可能是上火了，也可能是昨天晚上没睡好。但是，我知道，我只要走出家门，来到自然的怀抱，我心中所有的不快便会不吹自散。

今天天有点凉，风在吹，天空阴郁，但天底下，到处是绿色。

我沿着河堤向前走，一边走，一边甩动胳膊和双手，路上很静，人少，偶尔有车辆飞过。我的心也很静。风吹着杨树哗啦啦地响，小草小花都在风中轻摇。

走了许久，一路被绿色环绕，风吹着面颊，也吹走了心中的烦。

在一个路口，我下了堤坡，来到堤坡下的麦田。麦田里有个女人正在拔草。我停下来，听身旁如水的涛声。麦田旁的大白杨有好几排，高高地挤在一起，仿佛一道浓绿的护堤山墙。绿色的大杨叶几乎从树根一直长到半空中，风一吹，发出排山倒海样的喧响，像海涛，涛声阵阵，让人心清凉。我闭目享受这凉爽的天籁之音，怡然沉醉。

春风阵阵，涛声阵阵，那声音像海洋一般起伏跌宕。有点凉，我回到堤面上，远看白杨起伏跌宕的陶醉样，涛声阵阵，响声依旧。我懒散地回去，已经忘记了锻炼的节奏，看路旁黄色的小花在风中轻轻摇曳，看女贞树在青青的草地上安然成长，到处都是绿色。路的一边是起伏跌宕欢乐不止的大白杨，绿色麦田，青草地，女贞树，一边则是各种新植小树苗，青青的一大片，路如河向前延伸，我的心如河一样诗意纵横流淌。

　　五一没有去远方，却在家乡的绿色里醉成了诗人的模样。这是一个清静之极的世界，我在这里看到世界的安详模样。大白杨天生就是一个才情纵横的诗人，它有玉树临风的身材，更有浓绿的叶子仿佛一挂一挂绿色的铃铛。女贞树呢，只想长成安静的蘑菇样。小黄花无言却在努力绽放。堤坡上下全是小草的清香，有叶子落下来躺在草地上安然进入梦乡。各种植物都可以在天空下尽情成长，风吹，你响与不响，你动与不动，都没有人指责没有人叫嚷。

　　这是一个美妙之极的世界。你是你，我是我，各有各的模样，你成长，你休息，你做梦，你恬静地伸个懒腰，或欣赏白杨的涛声，或像小黄花一样安然开放，没有人会阻止限制。

　　风吹着这个世界，你或者需要或者不需要，都不重要，我的心醉醉的，舒舒服服的，只想说一切都真好。

　　世界如此之美，回去的时候，我忍不住又回了回头，像灵魂出窍一般，像从一场绿莹莹的梦境里醒来，我满心翠绿满怀诗情，走回居住的小城。

天地间一幅画

喜欢古人"最爱湖东行不足，绿杨荫里白沙堤"的诗句，更喜欢沿着长堤悠闲步行的快乐。

春末，热爱这个世界的花草树木都蓬勃地长起来了，它们组成一个强大的磁场吸引我每天都去探访。

要怎样说它的美呢？无非也就是些普通的树木与野花野草，比如，玉树临风的大白杨，满树都是铃铛一样的叶子，风一吹，哗哗如海涛般声响，比如女贞树，把自己长成了青青的大蘑菇，每次用目光去问候它，都会觉得它调皮地装成了一个安静的小孩子。各种新植的小树一队队排列，俨然是欢迎大自然明媚灿烂的欢乐天使，还有草地，一片片青葱繁茂，上面还点缀着各种颜色的小花朵，黄色的，白色的，紫色的，很小很小，仿佛也用足了功夫。

最有意思的是走着走着，我就走下堤坡，来到了河滩里。麦田里麦子已经有了小小的果实，正在一天天走向饱满。从眼前铺到天边，再从四边混合到眼前，色彩浓浓的，无边无际都是绿，仿佛醉了的海洋，没有波纹的闭着眼，酝酿着一个美滋滋的梦境。

高高低低的各种树如剪影杂在其中，天地间，一片温润，想起那首歌词：天地间，一幅画，我在画的中央。浅浅的天，绿绿的地，我简单得只想闭上眼。

立夏时节，春天已经走过，就这样沿着长堤悠闲地走，没有舟车劳顿，满心都是在家乡的安稳，每天走进画中，每天安然归去，世界从来都是如此之美！

游动的"栀子花"

在老家伺候母亲回来，有点感冒，一天里昏昏沉沉。今天好多了，又走向了自然。沿着长堤，我来到了麦田旁，麦子一日日成熟着，深深的绿已透出成熟的青黄，一大片一大片，放眼望去，真是很美呢！

忽然发现路边草丛里有只蝴蝶，禁不住放慢脚步，蝴蝶飞呀飞呀，落在了一朵开着的车菜花上。车菜的花朵很小，粉紫色的，仿佛一个小小的刺球。然而蝴蝶不嫌弃，飞着飞着就停在了上面。它仿佛飞累了，停在花球上就闭合了双翅，静静的仿佛一个天真的小姑娘闭眼托腮在休息。

觉得那姿态安然秀美，我从衣服口袋里掏出手机打开相机模式拍照。怕惊动了沉睡的蝴蝶，我把相机打开放大模式拍照，小小的花朵，小小的蝴蝶，点缀在青葱的草丛里，有风轻轻拂过，草叶轻轻摇曳，一切都那么和谐。想把图片拍清楚些，我悄悄走近，一步一步，啪，啪，手机轻响，每一声都那么轻，然而还是惊动了蝴蝶。只见它轻轻展翅，飞向空中，飞到了麦田上。

我的目光随蝴蝶而去，却蓦然发现，麦田上有许多白色的蝴蝶，有的翩翩飞动，有的安然落在麦田间。起初，我以为它落在麦穗上，细看才明白，麦田间也有车菜花，小小的蝴蝶落在了车菜花的花球上。

放眼望去，麦田真像一个绿色的大海洋，而小小的白白的蝴蝶翩跹其中，真是妙不可言。沿着田间小路，我向前走去，这里真是一片安静的天地。偶尔有小虫在田间轻吟浅唱。虽然无雨，也让人想起古人"空山新雨后"的静谧。又看到一只蝴蝶落在了路边的车菜花上，我停下来，再次观赏。这只蝴蝶没有休息，它落在车菜花的花球上，展开双翅，轻轻在刨着什么，是不是在采花粉呢？

我不能走近，但还是很好奇。只见它采了一会儿，仿佛有了收获，随着一阵轻风，翩翩飞起。呀，我从没有细致观察过蝴蝶，因为书上描写蝴蝶，总不如蜜蜂，是一种欣赏，好像对蝴蝶有点轻薄的味道，所以，我对蝴蝶没有好感。

然而，今天看到蝴蝶，凝视了它，便觉得它真是美呢！它起飞了，展开双翅，我的眼前便像有一朵轻轻软软的花朵飞在空中了，又仿佛一尾小鱼在水中自由自在地游动。那轻如薄纱的双翅扇动空气，飘飘忽忽，像小姑娘跳舞的纱裙在翩翩舞动，实在是叫人感觉惊羡！

真感觉眼前仿佛有一朵会游走的栀子花，空气都有了香味呢！想想世界上盛产蝴蝶的地方，聚集了那么多品种丰富的蝴蝶，翩翩起舞时该多么美好，想想都叫人陶醉呢！

蝴蝶虽然不能像蜜蜂一样酿蜜，但是，它的翩翩舞姿给我们带来了美好的享受呢！世界允许它生存，它便自有它的美好！

想到生活中，我们太容易受他人影响，别人贬低它，我们便也有了这样的印象，从此不屑一顾。

世界上还有多少被抑制了的美好呢？比如，随处可见的柳树，古人爱用"风摆杨柳"来形容它，好像柳树柔弱没有定见。其实不然。柳树总在早春凌寒报春，冬日叶子也落得很晚。它看起来柔弱，其实特别坚强，它不过是用另一种自己喜欢的方式表达自己对世界的热爱罢了。

我观察过柳树树冠在风中飘摇的样子，那真是美好之至。一树柳叶在风中飘来荡去，抵制风的推送，那绿波从高楼望去，柔美之极，叫人心醉。

　　世界这么大，风景这么美，让我们从此用自己的眼睛来欣赏吧！别让他人的视野限制了我们对美的体验。我真愿为这些被忽略了的美好更名，让它们得到更好的认同。

　　麦田上，麦穗间，还有许许多多蝴蝶在翩翩起舞。我的心中，已经定格了这种会游动的"花朵"。它飘飘忽忽，轻轻游走，如空气一样轻巧，如栀子花朵一样软软的那么美好呢！

通向自然

早上起来，在楼下浇了我的小菜园。上河堤锻炼的时候已经九点了。

初夏，五月的早上，天气不冷也不热，上了河堤才发现，风还不小。

沿着洁净的水泥路向前，到处绿色涌动，登高望远的好处就是把堤内堤外的绿色尽收眼底。向前去，披着不太明朗的阳光，却也满怀诗意。

每天都要到河堤下的麦田看看，今天依然这样。新年过后，麦子一天天长高，从深绿到青中泛黄，渐渐变成现在的黄中泛青。麦子将要成熟，天底下，一幅青绿与淡黄铺成的油画，而我陶醉地站在画的中央。风吹着麦田，正在成熟的麦穗沉沉实实，彼此轻轻相撞竟也向远方推出金色的波浪，简单的色彩，却大气磅礴，一幅丰收的景象。

大白杨毫不客气地在麦田旁边阵阵喧响，如汹涌的海浪，特别叫人陶醉，把我的心都吹成了水的模样。

我数了数，这边河堤下的白杨有四排，密密排列，彼此簇拥。绿叶上下贯穿，风一吹，翻来覆去如铃铛，哗哗喧响，仿佛琴弦在心坎上，软软的让人陶醉。女贞树平时那么安静，现在也翻动叶子想配合白杨来一场天地间的交响。再回河堤上的时候，我看到各种大树小树在风中摇动树冠,仿佛在向世界捧出心中的真诚歌唱,我的心醉醉的,静静地聆听着世界发出的交响。

有位作家说过,人只有凝望世界,才会真正感受它的美好。我在锻炼的路上,天天凝望世界。大白杨女贞树早已是我的朋友,连小花朵也给我启发,小草也让我敬佩,麦田更是我童年就认识了的朋友。走在自然中,不用言语,一切都在心中。风柔柔地吹,云轻轻地飘,阳光在身旁轻轻地把心抚慰,一切都那么和谐那么美好!

想起《圣经》里"一代过去,一代又来,地却永远常存"的话语,就觉得特别有深义:地永远长存,地上的风景永远那么美好,可是,一个人的人生却那么有限。一个人,要是不懂得欣赏自然之美,一直在红尘中纠缠,那么,离开这个世界的时候,会多么叫人觉着遗憾!

想想走过的人生,虽然苦过累过平淡着,却懂得常常走出生活,走向自然,感受上帝创造的美好,心里就感觉特别的安慰。

回家去的时候,风已经把天空吹出一片蔚蓝,阳光透亮,我的心里舒舒服服快快乐乐,仿佛去见了想见的朋友,心里美滋滋的,有着别样的幸福和饱满。

不管在什么年龄,如果可能,我们都要在生活中给自己留一条通道,通向自然,让自己常常走出生活,去拥抱这世上最简单最真诚最幸福的美好。

安闲地成长已经很好

在我常去锻炼的路上,有许多女贞树。女贞树小的时候,那样子像一支倒着的毛笔插在道路两侧。树干如笔杆,小小的树冠仿若毛笔的笔头,虽然单薄,却很有意趣,仿佛小小的女贞树有着一个很大的梦想,要用树冠当作毛笔,在天幕上书写自己的青春理想。

可是,女贞树毕竟是树,它没有翅膀,飞不起来,它长在现实的泥土里。我常常在这条两侧长着女贞树的路上晨练,或者骑赛车或者散步。女贞树就这样在我的视线里一天天长大。树干粗了,枝叶密了,样子已经变成一个超级的蘑菇,也像一把撑开的大伞,而小鸟竟然把它当成一个诗意的巢儿。

早上,我去锻炼的时候,听到树叶间叽叽喳喳,充满了鸟的欢声笑语,心里特别喜悦,觉得这情景真有趣!只是枝叶繁茂,只闻鸟语,不见鸟影,我骑车过去,也没有刻意停留。

今天,我散步的时候,特意在一棵树下驻足,发现,树间虽然没有鸟影,但是,女贞树枝叶繁茂,叶儿都在外围,里面都是枝杈,叶儿不多,仿佛空心一般,还真是一个有趣的鸟巢呢!

再看外围的叶儿，浓绿有序，枝叶间，小小的果子挤挤挨挨，如葡萄一样殷实。想想，春天树上那散着香味的小小花儿也结出了这样的青果，觉得小树也懂得人生的道理呢！

虽然，女贞树没有在天幕上写出自己的梦想，但是，它在现实的泥土里安安静静地开花，结果，就已经不错。花朵虽然不艳丽，果子虽然不甘甜，但是，能做药材，这不是很有用吗？

世界如此大，树木如此多，结不出甜美的果实，就做自己，在天幕下安静地成长，结出自己有用的小果实。如果鸟儿喜欢，愿意把树冠当作巢穴，让生活多些趣味，多些美好，又何尝不是别样的幸福！

山，一直在

今天是个阴天，满天灰色的云彩。然而，我走上河堤的时候，竟然发现山的轮廓高高的印在天边。

再一次笑自己。小时候也许是自己个子小，也许是村子太大，也许是根本没有抬头向远处望，一直抱怨家乡没有大山，觉得有山的地方如画一样多么美好！

其实，山，一直在。

长大后，也爬过许多山，知道家乡有山，只是远一点，以为有太阳的日子才能看到。今天，天空灰蒙蒙的，但山也出现在视线里，南山，北山，都有很高的轮廓线。

我以为是河堤上视线开阔，我走下河滩来到麦田的时候，依然望见了南北和北山，我再次笑自己，有太阳是原因，视线开阔是原因，其实，有风吹，空气中尘埃少，也是原因。

就像眼前的麦田，麦子熟了，大片金黄铺展在天底下，色彩简单，但一样美好。如果不去欣赏，也不过如雾气中的山，那美你也没有发现。

回去的路上，看到堤坡上一些紫色的小花开了，花朵很小，但是一棵草茎上开了七朵花，在风中摇曳，也很好看。

　　尤其是那小花，叶子很普通，但是，开花的时候，把细细的茎伸向空中，努力地托起那小小的花儿，仿佛在向世界诉说着自己的骄傲。

　　山一直在，美一直在，我们要做的就是，走出去，用自己的眼睛，发现那些美好！

在夏日的草丛里形成自己的风景

　　夏日的早上,我依旧爱到河堤上去锻炼。

　　锁了电动车,一路向东,迎着朝阳,虽然是暑伏天,但是,早晨的空气还不是太热,在自然中走一走还是挺舒服的。太阳刚出来,比任何一个季节都充满热情,金灿灿的,把树影投在干净的水泥路上。而周围的花草树木一如这个季节的热情,疯狂地成长着,显出不一般的浓绿与气势。

　　我一边走一边欣赏,大白杨可能更喜欢春天,它喜欢在春天里哗哗奏出一曲如诗如歌的曼妙交响乐。现在长成了一副沉默成熟的样子,女贞树在大杨树旁边已经开始慢慢地孕育自己的小果子,树下的草坡色彩特别青葱,一点都不比西北的大草原逊色。那新绿的颜色叫人觉着夏天的可爱,各种春日开过的小花已经不见了影子,但是,我发现,有一种草也不知是在开花还是在结籽,它把细长的茎伸出老高,在草坡上形成了一片风景,很有画面感。那细细的草茎从草丛中伸出来,大约有一尺多高的样子,在顶端,举着几根爪子一般的花或者说是果实,很茂盛地在堤坡上一大片一大片,形成了一片显眼的风景。

　　这让我想起春日里那些无名的小花来,想起它们要开放的决心和骄傲，哪怕没有人欣赏，可是，是开花的季节，自己不想错过，就可劲地开放了，哪怕没有人欣赏，可是，自己还是感觉很漂亮！

其实，大自然里的花花草草，不管你注视不注视，它们都在依着自己的心思努力成长，开放了，把花举得高高的，没有人欣赏，也没有关系，那是一种发自生命深处的骄傲！如果有人欣赏，那更是一种对生命的褒奖！

每天在自然中锻炼，我看到哪怕是一棵无名的再普通不过的小草，到了成长的季节，都不想空空错过，总是在内心里对大自然涌起深深的敬畏。这也让我在平凡的生活中，总想有点小小的追求。

想想，我因为热爱自然，有了一份细心体味的心怀，从而看到了大自然中一种与众不同的精彩，就觉得很有收获。我仿佛读到了藏在万物生命深处的美好启示。

夏日漫长，所有的花草树木都在疯狂地长成自己的气候，我仿佛听到它们的心语：既然来了这世界，便要参与它的繁华，成长，开花，结籽，传递生命的力量与精彩！这声音总是让我的心里无限温柔又特别感动！

大自然总是这般美好，它的华彩让我们感动，它里面的每一个生命都值得我们敬重！

植物的心思

在自然中锻炼,每天都会有些新的遇见。

我已经决定不再写重复性的文字,但是,还是禁不住大自然的诱惑。

比如,昨天,我走上河堤就发现,女贞树的花开得正浓,一股淡淡的清香飘进了我的心房。我抬头巡视,发现路两边的女贞树一棵一棵比赛似的,都把小小的花朵挂在树冠外围,虽然清淡,但是,很多很多,虽不艳丽,但是很香很香。

我特意在花前留意了一下,小小的女贞花是米白色的,鼓鼓的小花蕾,举着两个细细的长须,很特别,很有意趣。风一吹,纷纷飘落,如樱花坠地,空气也变得香喷喷了。

今天再去锻炼,看女贞树,一树一树的花如波浪排列,仿佛一个个炸开的大爆米花插在巨型的牙签上,在我的前后漫延,就特别想写点什么。

平日里在河堤上最不动声色的就是女贞树了,举着一个绿蘑菇样的树冠,站在路旁或者堤坡上,有风吹也不愿意有大的行动,稳稳地站在天底下草丛里,不言不语。现在,它也开出了自己的花。尽管花很小,但是,它把花朵布满整个树冠的外围,浓绿的叶片之上,浅黄色的一串一串，还着上清香，再粗心的人也明白，它在成长，它也有自己的思想。

大自然中，每一种植物都有自己的心思，你开花，我结果，它长叶，谁都一样，好天好地，谁都想幸福成长，长出自己的真正模样。

其实，这个世界，谁也不用嘲笑别人，连小草都有自己的心思，每个人也都应该有自己的精神长相和欢喜模样。

置身其中

　　前天，天气很热，早上锻炼的时候，我发现，天地间，植物都着了一层灰似的。昨天早上下着零星小雨，我打着伞在河堤上走了一会儿，凉凉的，很舒服，中午，雨越下越大，像疯狂了一样，傍晚才停下。

　　今天天晴了，蓝天丽日，大地如洗浴了一般，大树小草都格外精神。在河堤上走，天空很纯净，浅浅的蓝色，很大气，几片云朵悠然自在，阳光金黄，把树影投在河堤上，草坡青青，露珠如散落在草丛中的小钻石亮晶晶的，到处都是新绿，浓浓的色彩，在蓝天下铺展。风景很简单，但是，置身其中，人变得很纯净。

　　我沿着河堤走，风轻吹，我不想停下，不想那么快折回来，就比平日多走了一半的路。我走过一个高坡，经过一个村庄，沿着曲曲折折的路走啊走，想一直向前。身旁的草坡青青，大树小树青青，我走在高处，小城村庄在不远的低处，一切尽收眼底。走着，赏着风景，想，平日没有到达的地方真如国外一样，在思想之外，走进了，才会与心灵交融。

　　就像哪个名家说的，没有凝视的生活不算真正的生活一样，没有到达的风景永远是模糊的概念。所以，近几年，我才特别想走出去，置身大自然的山水。只有走出去，只有置身其中，才会遇到真正的风景。也只有置身其中，才会真正感受到风景的滋养和包融。

心已明媚

在河堤上锻炼，抬头看见远处的山影，阳光正华丽地照着天底下的世界。

我想起自己小的时候，曾经抱怨家乡没有山水，禁不住在心底笑了。我出生在农村，本该骄傲自己有广阔天地可以奔跑，然而，因为年龄小，因为读书少，看到书上别人描写家乡山水的文章，看看自己周围一马平川的模样，竟学会了在心中抱怨。我曾经抱怨过许多东西，比如居住的小屋放着家中的粮食显得拥挤，比如别人的父母能给孩子安排工作，比如家乡没有巍巍的高山，没有清澈的小河，小小的年纪，本该快乐的日子内心却充满黑暗，仿佛自己是世界上最亏欠的人。

然而抱怨并没有给我带来光明的前途，我除了看到照片上自己的小脸一脸不高兴之外，什么也没有得到。倒是后来，看一切无望，谁也给不了自己喜欢的生活，渐渐发奋才寻到路径。原来，抱怨从来都不如努力，努力求学，努力工作，努力为理想付出，努力走过不顺心的生活，一切都会渐渐改变。

就仿佛其实，家乡还是有山的，不过它在稍远一点的地方。只是那时候小，抱怨多，不懂得抬起头，走出去寻找一样。它不是不存在，而是就在不远处，寻一寻就能遇到。而我，因为抱怨，心情不佳，没有看到。而今，早已不再是懵懂少年，有了许多经历。就像今天，来到河堤上一个稍高一点的地方，就能望见远处的山影一样，周围的风景那么平淡却又那么安然美好。其实不是世界改变了，是心灵有了通道，早已换上了积极的色彩。

　　当你抱怨的时候，心空里黑夜一样看不到方向，而当你努力的时候，心也明亮了世界。心已明媚，世界处处明媚。

明　白

　　早上骑赛车去河堤上锻炼，上了河堤，把赛车锁在路边，一个人，沿着河堤的水泥路向前散步。

　　刚刚过了中秋，天气不冷也不热，这时候在堤上散步是很舒服的。只是，今天空中的云层很厚，是那种灰蓝色的密云，不像初秋的白云，一朵朵铺展在天空中，万千变幻，轻巧美丽，给人一种无限舒展的浪漫之感。因为云层厚，所以，日出的时间却也看不到朝霞满天的盛景。

　　大地上，树木还披着深绿的叶子，秋庄稼有的已经收获，有的正在收获中，草坡上的草却是经不住秋天的抚摩，有发黄的迹象了。

　　走着走着，我发现，东方满天的灰蓝色云层中出现了一道金色的光线，曲曲折折，却很亮眼。我一边走，一边不时地去瞅一眼，渐渐地，那光线上出现了一块金灿灿的太阳，然后，一点一点露出了太阳的整个面容来。啊，今天的日出竟然这么简单，看不到满天漂亮的朝霞，没有千变万化的铺展，一道光线，一轮红日，非常简单的仪式，却已经完成了一切。

　　虽然简单，却也有意趣，一条金色的光线，一个圆圆的金球，真正像那个形象的元旦的"旦"字！而且，那条光线有点倾斜，太阳金晃晃在光线上仿佛要顺着光线进行滑翔，我走着看着，觉着今天的日出虽然不庄严，却充满童真的味道！

看过许多地方的日出，黄山之巅的宏大壮美，黄海之滨的诗意潇洒，都让我痴迷，然而，今天，这简单的日出却也叫我难忘。

没有多久，厚厚的浓云已经把一切又掩在了它的怀中，我的头顶，日出仿佛没有进行，满天浓云，寂然无声。

我沿着河堤一步步回去，心想这日出虽然只是瞬间，却让我颇有启发。

这个早上，上天像眷顾我这个早起的人，让我看到了这小小的一幕，现在天空虽然灰灰的，可是，我知道，那云之上，太阳一定灿烂光华，一点不比平日的衰弱，只是暂时被云遮掩。

就像生活，舒适的时候，我们欢喜，不合心意的时候，就安然地劳作吧，美好一定在，只要坚信，总会遇到。

人生，慢慢来

在河堤上锻炼，等于在绿色的世界里徜徉。走着走着，我会想起从前，思绪会飘得很远很远。

从前的我曾经特别急迫地想看透人生，比如，我自己，会遇到什么样的王子呢？会有什么样的作为呢？我的人生又是什么样子呢？太多太多的急迫，总是让我想超越人生的每一天向前行。

现在想想都觉得可笑！我曾经是一个沉默但又多么急迫的少年啊！

然而，生活于我们却是另一种节奏，在每一个年龄阶段，赠予我们一些遇见，让我们去体验。

遇到了一个喜欢的人，然而他也有某些地方让你觉得缺憾，一天天结伴前行，时不时你也会有一些新的发现，你觉得多的还是依赖还是喜欢。

自己有什么作为呢？也不大，可是，是按了自己的心思去做的，久了，也有了一点点成绩，看着，感觉羞愧却也满有安慰。

我的人生是什么样呢？普普通通，但是，里面藏着我的爱人我的幸福。我的三个宝贝都长大了懂事了，各有自己的追求，他们都在远方，却分明在我心上。

那个小小的急迫的少年已经有了沉沉实实的幸福，这个时候，才明白，人生，不用急，慢慢来，幸福不是一天铸就的。一天天，一年年，只要坚定地去追求，过去了，留下的都是想要的欢喜。

人生，慢慢来，就像今天早上，早起来到自然的怀抱里，运动身体，舒展心灵，迈出去的每一步都很坚定，收回的心情也都是愉悦和幸福。

世界广阔，幸福绵长，就像《圣经》上说的，遇亨通的日子，你当喜乐，遭患难的日子，你当思想。亨通的日子里，我们享受喜乐，困境中，我们学会反思，人生，适合慢慢来，一点点去付出，一点点去追求，一点点来收获，一天天来幸福！

生命的"黄金水源"

暖暖的春节已经过去。寒冷的日子里每天睡懒觉很舒服，感觉却越来越混沌。恢复往日的晨练已经很有必要。

去河堤上的时候，远远望着雾气挺大。想折回去，但终究不想放过这早晨的时间。在路边锁了电动车，然后不急不慌地向堤坡上走。

雾气确实不小，上堤坡的时候，我发现草叶上有一层细细的白霜，很淡很白很轻盈。

我懒散地走在河堤上，不抱一切幻想。雾气很大。可是既然出来了，我还是想走一走。我围着大围巾把自己包裹得很严实。

河滩里，麦苗被盖了一层轻纱似的。河堤的另一侧，小树林被淡淡的雾气笼罩竟然有着诗一样的意境。

我沿着往常的路线走了一段路，然后便折回来。空气质量不佳，简单锻炼。回去的时候，我的脚步已经很热，身子已经非常舒服。

一辆小轿车呼啸而过。

我躲到了河堤旁的草地上。低头看竟然发现枯草间，隐隐有些许青绿的小草儿了。

这个发现让我兴奋。

我仔细地在枯草间寻找，因为这几年我的眼睛花得厉害，想看清什么得仔细端详。

这一仔细看不要紧，我发现枯草下，一些小叶草的叶儿已经变绿了。我拨开枯草，发现枯草下竟然有许多小草儿变绿了腰身。

哦，我明白了。前一段时间下了一场大雪，今天呢，又下了一层霜。这些雪霜雾气都是荒地里的小草和大树的黄金水源呀。

我们认为的恶劣天气，对这些小草大树来说，正是生命最好的滋养。

立春已经过了一段时间，这些野外的小草大树没有人会来用水浇灌，它们唯有自己利用大自然的水汽水分来为自己增添滋养。

每年春天，总是堤坡的小草用绿绿的身姿让我们首先感知春天的青葱繁茂。但原来我们并不懂得，它们就是这样，在万物枯寂的时候，把一切可能我们认为的恶劣天气都当作自己成长的黄金水源。

草长莺飞二月天的美好，可能小草大树更能懂得其中含义。

人生的事是不是也是这样。

当我们抱怨人生不合心意的时候，总有一些人，在不理想的境遇中极尽一切地努力向上。当我们感慨命运不公的时候，他们已经鹤立鸡群，拥有了自己的人生和风景。

原来，我们忽略的一切正是别人生命的"黄金水源"。

回去的时候，我发现太阳已经升得很高了。堤坡上的那层淡淡白霜已经变成草叶间的水汽，正融入大地上的生命之中。

原来我们以为的恶劣天气，正是万物成长的黄金滋养。

我们还有什么理由抱怨人生不公？世界上没有一种美好生活是不需要努力就能轻易产生。

我的花，我的草，我的春天

早上，我喜欢到大自然里来走走看看。

城南的河堤，在内心里已经被我称为"我的路"。

每天早上一起床，我骑上电车，毫不犹豫，就直奔河堤而去。

上了河堤，我会锁了电车，在河堤上步行，随意地走随意地看。

河堤两岸的花草树木渐渐都出现在我的视线里，然后落在我的心坎上。

春天来了，小草小花都开始不约而同地奔赴而来，在堤坡上此起彼伏地冒出来。我的心每天都乐乐的。今天发现这个小草开花了，明天发现那个小草也会开花。那花朵小小的，却也那么骄傲！黄的、紫的、白的、粉的，各种颜色，叫人目不暇接。

我像懂得了大自然的秘密，觉得以前不曾明白的，现在成了我的发现。几年的时间了，每年春天，我都来与它们相会。我在路上走着，发现小花开得很漂亮，就会走进草坡，蹲下身子去欣赏。

今天这个小花开得挺喜欢，明天那个小花开得挺灿烂。我的心里不由就爱恋地去抚摩一下这些花花草草。在我的心中，我称它们为"我的花""我的草"。因为河堤上的草多人少，我便称它们为"我的春天"。

每天来看这些花草,与花草见面,仿佛相交已久的朋友,我的心总是很欢乐。我从花草身上学到了许多精神,不卑不亢地成长,开出自己的小花朵,不负生命的美好,这是每一个生命的权利与骄傲。

行走在这些花草间,我常常欢喜得想放声歌唱,与这些小花小草一样,我想歌唱生命的感动和美好。

这些花啊,小草啊,总是那么生动。每天,我沿着一条大路飞车去河堤,一走上去,便仿佛走进了朋友们中间,我的花,我的草,就是我的春天。

每天一走进花草间,我的心啊,就仿佛春风十里,拂动在河滩里,一切都是那样明媚,让我欢喜让我沉醉。

鸟鸣风声花荫中

早上去河堤的时候,风很舒爽地刮着。树叶儿簌簌作响。五月的城外,绿树已成浓荫。

风刮得人心醉。我的长衣长裤被风刮得要飞起来。我感觉自己已被风装扮成世界上最潇洒的女人。

大白杨的叶子哗哗作响。如雨声又如阵阵海潮。我听着,心中诗意丛生。

麦子黄了。河滩里一地金子。

空气清爽。远处的一切都看得清晰。河对岸的村庄、绿树冠都能瞧见。远山的剪影非常漂亮。河滩中间的树这儿一排,那儿一排,点缀在黄色的麦田间。黄绿相间,天空下如油画一样美。

淡蓝的天空上,有云丝丝缕缕飘飞。我在风中漫步,醉心于初夏的鸟鸣风声中。

麦子的金黄深深吸引着我。我来到了河滩里,走进麦田,用手机拍了一些照片。

满意地回去,风吹脸颊,眼前金黄,路边的树木与草绿得昂扬。仿佛又回到童年，我走在家乡的土地上。一切都那么熟悉。

那个在土地上长大的小女孩，从小就喜欢田地的美好。土地的丰茂与天地的博大已经像画一样印在了她的每一根神经和每一个细胞上。以至于现在每次走进田野，就仿佛回到了记忆深处的那片田地上。

仿佛穿越一般，出走半生，我又回到原点。

我在乡村的土地上长大。童年的田野曾经给过我心灵无比丰富的滋养，那种对美的感知，永远印在了我的身体上。

风吹暖阳照耀，心里欢乐无边。仿佛又一次穿越。然后又回到了现在。金黄的麦子，包裹了我的心田。

重回河堤上的时候，我再次回首。我喜欢居高临下看风景，麦田一大片一大片在河滩里铺展，绿树冠三五棵一行行点缀，眼前就是一幅大气的油彩画。我在路边找了个石墩坐下，想再次细细品味眼前的一切。

真美啊！麦田像铺满金子。风吹树叶响，鸟儿叽叽啼鸣。在绿树的花荫中，我陶醉得像一个会写诗的女人。天空浅蓝，云朵舒展。

回去的时候，满眼风景，我的心醉醉的，仿佛自己正从一幅美好的画卷中走出去，走向红尘里。

我是真的明白了，什么叫世外，什么是红尘。

我真喜欢大自然里那种无拘无束的美好！

偶遇，勿忘我

　　土地上长大的孩子，一走进自然，心里哗啦啦就解开了许多结，红尘烦恼的结。

　　好几天没来河堤上了，今天出来走一走。

　　绿色，总让我的心里舒坦。

　　麦收之后，玉米又绿了田野。什么叫作生生不息，走进自然，眼前的一切无声地给你讲解。

　　谷雨的前后，下了些雨，春天开的花，在夏天结了果。

　　红叶梨就是在那时成熟的。还没熟透，已经有一批又一批的人来采摘果实。

　　满树的小红果，就那样被人们采摘而去。春天漂亮的花，夏日熟了的果，都没有了，红叶梨好像也轻松了。

　　我看到在树梢，红叶梨长出了许多新叶，像花，开在最上头。

　　西瓜也在热情似火的夏日成熟了。种瓜人在路边摆了摊，我好像还没有买过几回。今天发现，瓜田上的绿色竟然荡然无存。

　　日子无知无觉，飞鸟一样隐藏到天际。

散散地向前去。然后散散地走回来。

就在我打开手机听歌的时候,无意间瞥见河堤下面,有一种小花,开得纯粹精致!

啊,亲爱的"勿忘我",好久不见。

那一年,在河堤上走,遇见一个年轻女子,手执一束花,纯洁淡雅。上前询问,告诉我,是在草丛间采的。就这样,我认识了"勿忘我"。

欢喜地下到堤坡去,就这样,我的手里有了一捧心仪的香。

把花举到头顶,举在空中,仿佛向全世界宣告,我今天的收获和快乐。

常常想,我们的日子何其平淡,但是,就在这平淡里,也藏着多少不曾发现的芬芳。

要怎样过生活才是满足的?

钱吗?有时候,也只是一个无情的数字。

书吗?最初其实它来自自然。

若无闲事挂心头,采一把花香,已足够。

来这世上,别为了太多,别忘记回归。

童年的我们,谁没有生活在纯粹的美好里?

夏天的早晨，我踏风而行

早上五点十分起床。六点我就来到了城南的河堤上。

天阴着，灰色的云密布。

风清爽地刮着。

我的长衣长裙被吹得衣袂翩翩。

夏日的早上，我踏风而行。

望着麦子成熟的河滩，心里一片金黄。美好的感觉，依然荡漾在心房。

昨天我听了一个作家的一篇文章，更坚定了自己一直以来写文章记录生活的愿望。生活的美，无处不在。但只昭示给有心有爱的人。

做生活的情人，做世界的情人，我们才会生活得更像一个真正的人。

人生只有百年，如果你觉得不珍贵，那我也无话与你争辩。

如果珍惜，自会有许多美感叫人感动得像个小孩。

生活是美的，读书是美的。读书更让人觉得生活之美言说不尽。

昨天看了一个爱旅行的女人发的美篇。那图片那音乐，美得叫人掩不住地激动，我的心里便再一次波浪翻涌。

眼里只有现实，生活是枯燥的。心里有了书的激发，有了文字的滋润，生活便变成了有颜色的花朵，总叫人禁不住觉得美得动人。

当你真正明白了生活的意义，即使走在俗世里，心中也会多一份特别美好的感动。

把世界当作情人，世界之美便时时入心。

我走在城南的河堤上，居高临下，看绿树成荫，麦田像金子一样，心里仿佛涌动着一条美好的河流，源源东去。

我踏风而行，走在河堤上，觉得自己像个明白生活的英雄。

走了很远，我来到往日不曾到达的一个小亭。一条刚修好的彩色步道上有两个老头和两条狗。

我向其中一个老头打招呼，问他的大狗叫什么名字，他说叫"红狼"。另一个老头儿也很健谈，说他的大白狗叫拉布拉多。

我想起儿子养的金毛，心中温暖如潮。和他们聊了一些养狗的体会。

一个老头穿着迷彩上衣，说起一只喜欢过的小狗，充满褶皱的脸上竟有着难以相信的沉醉。

他陶醉地说起他朋友的一只小狗脊背很宽，非常漂亮，不知道有多好看！

看着他的样子，我想，狗就是狗，能有多好看呢。

可是一个男人竟然很陶醉很神气地说，一条狗非常漂亮好看，好像比他的女人都美。我感到不可思议，重新认识了男人的审美。

告别他们回去，我继续一个人走在风里。

高处不胜寒，说的可能是冬天的情形。夏天的风在高处呼呼作响，是一种舒爽。

我走在这种舒爽中，踏风前行。我觉得当一个人明白了生活的真正意义，走过了许多人生之后，真的可以做自己心灵的英雄。

生活的美好，存在心中。

世界的美好，也在心中。

回去的时候，我一个人却觉得世界的丰富波涛汹涌。

一个作家说，这是一种丰富的平静。我很赞成。

天上地上看云

我越来越发现，我们头顶的那片天空，真有意思！

比如，昨天我去城南的河堤上锻炼。麦子熟了，河滩里大片大片都是金黄的麦子。天空下，仿佛流动着一河金子，特别好看。

尤其好看的，还有麦田上空那一望无际的浅蓝色天空，和天空上挥洒的白云。

有风，天气特别晴朗。云也仿佛感受到了那份舒爽。懒洋洋地把自己舒展开，极淡极淡，如烟，如雾。极轻的一层云，仿佛女人的白色丝巾。透过丝巾还可以看到那天空的浅蓝，你说有多美！

我说不出来，只是欢喜地在天空下陶醉。风挺柔和，像感受到了云朵的慵懒。天上地下，都是很舒服的颜色。

麦子金黄耀眼。天空蔚蓝柔和。

云，尽管很薄的一层，像透明的白纱，也在天空上挥洒出各种大气的图案。

一个极大的英文字母 A，飘在头顶的天空里，既轻盈又豪气。我不知道用什么语言来形容我的感动。我的眼睛像挂在了云彩上。

天空如此之美，我回家去的时候还很留恋。

及至回到了家，上楼前，我还会再陶醉地看上一眼。这一看不要紧，我发现天上的云已经长出了羽毛。天上有个大鱼一样的云朵。那鱼像写意画，淡淡的，仿佛全身长满羽毛，轻盈得像要飞去哪里。它显然把天空当作了大海。天空真如蓝色的浅海。透过"大鱼"云朵，还能看清天空淡淡的蓝色。

云朵有多轻盈，那个"大鱼"就有多美。鱼的轮廓线，像被风吹起来的羽毛。这样的大鱼云在现实里找不到。在天空里，却美得迷人。

我回到家，吃了饭，来在阳台上小憩。在沙发上小睡。

睁开眼，发现窗外的天空上有一朵小兔样的云，正要与一朵小狗样的云亲吻。还没有走近，咦，小兔变成了大乌龟，小狗变成了海星星。它们都那么欢喜！要亲吻，却一直不走近。

我闭了眼想休息一会儿。再睁开眼却发现，它们已经融化在天空里，变成了泡沫云，然后渐渐变淡消散。

很久以前朋友坐飞机回来告诉我，天上的云特别好看。后来我也有了许多次体验。知道在飞机上遇见的云多种多样。

有时候，云厚厚的，如白棉絮铺满了天空，在飞机之下，离飞机很远。这时候，我就有种想跳下飞机在云朵上打个滚的想法。那棉絮云看起来蓬蓬松松，我想躺上去一定很舒服。就像小时候，妈妈刚做好了新棉被。我爬上去打个滚，还能闻到阳光的味道。

有时候，天上的云如雪地，一片冰晶似的白润。我就特别想把自己的胳膊变长，从飞机的悬窗中伸出去，抓上一把，挥洒向远方。阳光照着，一定会闪闪发出五彩的光。

有时候，天上的云一层一层很淡，我就觉得飞机是游在水里的鱼。我们仿佛在荷塘的水底参观水晶似的宫殿。

有过许多次在云之上的体验后，再站在大地上看云，我就明白了，天上地下的云是怎样的壮观，怎样的丰富，怎样的洒脱。

今天，天阴着，满天灰色的云，很低。我到河堤去锻炼的时候，发现在河堤上，北山与南山竟然都看得很清晰。就明白，在灰色的云朵之上一定是我看到过的棉絮云厚厚地铺在天空中。从飞机上看是厚厚的白云，从大地上看是漫天灰色的云，有了这样的体验与感知。今天，天阴着，我也不悲叹。因为我明白，地上的云有多么灰暗，天上的云就有多么洁白。云之上就是光明，就是美景。云开雾散，天空仍是一番好景象。

我不知道自己为什么如此喜欢云，妈妈给我们姐妹四个起的名字，最后都有个"云"字。妈妈一生干净，爱美。这心思也会遗传？

我喜欢云，喜欢自由，常常把目光望向天空，仿佛那上面有我的花园。

是的，去旅游还得有出行的种种花费与辛苦，看云却简单随意，只要抬起头就能有感受。要说上帝也是公平的，每个人头顶都有一片自己的天空。它那么博大，那么敞亮，那么美好。你若不欣赏，没有人会为难。

你若放下俗世的沉重，时时去瞅一瞅自己头顶的天空，感觉真的好不同。也许俗世里我们并不能时时拥有自由，但是内心里云卷云舒的快乐，却常常可以拥有。

天上地下的云都那么美好，这个世界还有那么多美好，你若不愿意拥有，有谁又能改变你的心空。

春天的云如化雪一样绵软，夏天的云如轻纱一样浪漫，秋天的云如动画一样富于变化，冬天的云也别样美好温暖。

我是真喜欢天上地下的云。

你也别忘了来这世上一趟的珍贵，要常常抬起头，看看头顶的天空，心怀高远，如云般潇洒和浪漫！

低调奢华之美

去五年级上科学课，语文老师正在组织学生配乐朗诵，说要参加一个什么节目，要把我的课用上一会儿。我说，行啊，就这样，我在教室外的走廊上等候。

是上课的时间，热闹的校园此刻安静之极。我静心等候，却看到教学楼前的两棵垂柳。想起春天时我曾在课间欣赏那青青如河的细柳，那么新那么美，它们曾经点染了我渴望春天的心情，就再次把目光放在柳枝上。秋末冬初了，柳叶经历夏日的酷热，秋天的风吹，该是青转苍黄了吧？

凝视时，发现柳叶还是那么青那么绿，虽然不再有春天的娇嫩，但是，附在长长垂下的柳枝上，在风中飘摇依然叫人感觉很美！

我特别喜欢柳树"万条垂下绿丝绦"，在风中飘来荡去的那种美感。

居高临下去看，那堆眉毛一般的柳叶在柔软的柳枝上飘来荡去地摇动，真是柔美至极！如果整个树都被风推动，那绿色的树冠在眼前推来荡去，迷离双眼，真是叫人觉着别样美好！

一边欣赏一边遐想，当我把眼光投向远处的时候，发现办公楼南边操场上的法国梧桐树树冠也很美,满树金黄色掌状树叶像一把把小火炬在烈烈燃烧。

我想到柳树与法国梧桐虽是普通的树,若是我们有心来欣赏,也自有一种自然的美感温暖我们的心怀,若是无心,纵然进入景区也不会有美的发现。

我们的身边这样的美好实在太多。蓝色的天空,金色的朝阳,悠然的白云,青青的小草,简简单单就在身边。若是无心欣赏,不过是入世界这个宝库而无一获。

生活中太多的人对身边的美好无动于衷了。明明是时间的富翁却说自己一无所有,明明是身在福中却说自己没有福气,明明是身边无限美景却并不懂得体会。

古时候,生活不像现在这样发达,然而,古人懂得欣赏,身边的树木,婆娑的花影,小小的村庄,普通的生活都能变成诗的意境。比较现在,生活进步实在太多了。然而,人们获得美的体验并没有增加多少,想来,其实还是没有培养起一颗欣赏的心灵,如若有心,眼前即景,生活便处处有了诗意,在平凡的生活中也能有奢华的感受。

想到当今社会,很多人都渴望出名,好像那样才能过上奢华的生活,我却觉得生活在低处,静静地欣赏这个世界的美好,是一种低调奢华的体验!

万人如海一人藏,这是一种境界。当我们能在平凡的生活中,培养起一颗细敏的心灵,学会感知身边的美好,不与别人争高低,隐于生活深处安享生活,就会觉得,生活于细微处让我们享尽它的奢华。这快乐,能让我们的心中时时泛起幸福的小河!

其实幸福需要不多

午饭时，端了饭碗来到阳台上，这里有我摆放在窗台下的一张小写字桌，一把可以躺着晒太阳的皮椅子，桌上放着几本我有空都要翻翻的书，椅子上铺着一个枣红色的毛毛绒毯子。我很喜欢这个地方。

尤其是秋天有阳光的时候，阳台上到处都是金黄色的阳光，坐在阳台上，置身阳光里，读读书，写写字，发发呆，晒晒太阳，常常觉得自己是世界上最惬意的人。

有时候，很喜欢安静，正好家里就自己一个人，索性连电视也不开了，就那么坐在秋天的阳光中，一个人静静地独享自己的幸福。

今天的午饭，我做的是韭菜汤面。小小一块面，我用手工做成宽面片，放一个白菜叶，煮熟，加上爆香的蒜瓣，调拌好的韭菜，打一个鸡蛋。再没有这么简单，可吃起来却有着格外香的滋味。

我把饭碗放在小写字桌上，阳光金灿灿地披满一身，我的心特安静，没有尘世的一点浮躁，青青的韭菜在阳光下似乎格外翠绿。我一边吃，一边想，好美的享受！

其实饭很简单，但阳光很亮，很诗意，我的心很安静，很悠闲，没有上班的急促，慌张，与陌生环境里生出的不安。

　　饭后，我躺在铺着枣红毛毯的椅子里，满身被阳光照着，仿佛小时候摘棉花回来，在棉花堆里躺着，暖暖的，软软的，很舒适。

　　迷糊了一会儿，想看书，便拿过一本书翻着，仿佛阳光照进了思想里，心灵亮堂堂的。

　　想写点什么，于是，提起笔，在笔记本上写下"其实幸福需要不多"这个题目。是啊，我们的幸福其实需要不多，我们不必为自己物质不丰富烦恼，也不必为自己不如别人伤悲。我们即使贫穷，即使平凡，倘有阳光照身，心灵沉静，身心泰然，足矣。

　　心灵的幸福与物质关系不大，倘若富比南山，心灵忙乱，也体会不到生活的悠然。

　　坐在秋日的阳光中，我感叹，设计阳台的那个人是应该尊敬的，他让我们与自然接轨，把幸福请进家中，我们真的应该默默地感谢他。

　　秋日，坐在阳台上，置身阳光中，天不冷不热，阳光金黄明亮，温度舒适。提笔写些心绪，抬头看飞鸟划过窗外的天空，叽叽鸣叫，便感觉细微处，日子给我们留下了多么深厚的幸福。

　　其实，在这个世界上，我们的幸福需要不多，把心灵放缓，幸福便如小河奔流，淙淙有声，滋润着我们的生活，让我们的思想深受感染。

第三辑　爱是一道光，
　　　温暖我们的心房

爱是一道光，温暖我们的心房。哲人说，有了爱就有了一切。

散步

晚上是不可以不散步的。

劳碌了一天，不管还有多少事，把家门往身后一关，走进胡同，我的心里就显出了轻松与悠闲。

最喜欢和儿子一块儿出去。

小小的他最爱把一只胳膊从我后面腰际伸过去，拽住我另一侧的衣服，然后用另一只手拉住我的手，和我挨得紧紧的，一边走，一边念念有词："咱俩好，咱俩好，咱俩是个黑老包。"

我一边懒散地抱着儿子向前走，一边听儿子振振有词。听儿子说我们俩是黑老包，我立马反对："黑老包不好，我不当黑老包。"

儿子就笑着用他的童音改成："咱俩好，咱俩好，咱俩是个白老包。"

我继续反对："白老包也不好。"

儿子就又改："咱俩好，咱俩好，咱俩是个黄老包。"

我更不喜欢，又怕儿子没法子改，就说："黄老包也不好，还不如白老包好。"儿子就嘻嘻哈哈笑着说："咱俩好，咱俩好，你说咱俩到底好不好？"我就低头回答："那还用说。"

儿子更紧地抱着我，挤着我，说："哥俩好，哥俩好，咱们是哥们。"

长长的胡同没有灯。黑暗中我们紧靠着向前行。

我喜欢儿子给我的这份轻松。不管有多累，儿子一说咱俩好，咱俩好，我的心就开始跟着没大没小地涌出许多喜悦。

我讨厌孤独，而儿子走在我身边，口里总是不停地说些小孩子的话语，声音清清脆脆，甜甜柔柔，让我的心里仿佛流过一溪春水。

我和八岁的儿子哥们一样胳膊互相抱着，没有谁像我们这样亲密无间。

走出胡同，儿子就像一匹小马，放了我，把自己投向灯火灿烂的人行道。他时而在前面奔跑，时而躲在某个角落里和我藏猫猫，等我走近，他会突然跑出来吓我一跳，时而又像个猴子，上了某个单位的台阶，滑梯一样往下飞，矫健的小身影，欢快如飞鸟。

等我一步步走近，他再向前跑。

灯火如诗。

走在诗一样的灯光中，我的心情仿佛未出月的天空一样朦朦胧胧。

白天的一切都隐去了真实明晰的轮廓，只留下个模糊的印象，模糊的影子。

不用赶时间去上班，不用赶时间回家做饭，不用为生活分一点点的心思。漫步在灯影中，全世界流淌着温柔。

温柔的夜空静谧着，温柔的树枝轻垂着，温柔的光影在身边漫延着，温柔的夜风在身边轻拂着，温柔的人在街上缓缓地走动着……

街的一边有一家书屋，诗一样的图案在天蓝色的大窗帘上浪漫着，那窗帘更像一面挂在海面上的帆。

儿子一闪身就钻了进去，有时候，我也会跟进去，有时就在书店外面走来走去，等儿子出来。

开始的时候，我们喜欢在胡同附近的街上走来走去。渐渐地，我们走得越来越远。

101

我们越过近的超市，走到另一个远一点的地方去，感觉很新鲜。走路随心所欲地走，看人漫不经心地看。

儿子在前面跑累了，过来与我肩并肩，手拉手，我们像小朋友一样甩动拉在一起的手。心情被甩得飘逸灵动。

在那个大超市里，我们左看右看，上看下看，最终停在书市前。

儿子坐在超市光洁的地面上，手捧一本花花绿绿的小孩子书，看得专心致志，我站在成人书架前，翻了这本翻那本，许多故事许多思想许多观念被我翻过来翻过去。

到清场的时候了。

我拉儿子出去。儿子似乎有点不舍。

进入夜空下，我和儿子再次欢快起来。

儿子又抱住了我的腰，我又拉起了儿子的小手。

夜空仍旧温柔着。

街灯仍旧温柔着。

夜风仍旧温柔着。

我们的心再一次温柔着。

拉着儿子，我们一起回家走。我仿佛听见一首歌谣在耳边轻轻响起。

街上，诗一样的灯光与人影铺展着，交织着。只有在夜间，一切才变得这样充满色彩和光华。只有在夜间，人们才变得这样从容与舒展。不为生存劳碌奔波，仿佛走进了理想的乐园，只有安享与快乐。

走进胡同时，儿子和我抱得更紧。"咱俩好，咱俩好，咱俩是个白老包。"儿子的童音又在耳边响起来。

"妈妈，看，月亮出来了，还有一颗星！对了，那是火星！看月亮与火星离得多近啊！"我抬起头，发现模糊的月亮旁边有一颗金红色的亮星。电视上说，今年中秋火星月亮同时辉映天空。虽然中秋已过，但是，那颗星大概仍是不舍月吧。

我和儿子看过好些次了，儿子仍然每次像刚看见。

102

有时候，我们会停住脚步站着再仔细地研究一番，依然是紧紧地抱着腰，拉着手，当然还仰着脸。

天空下，我和儿子一样的天真起来，柔柔的纯纯的感觉涌在心怀。

没有一点生活的紧张与急促。我仿佛回到了童年。

朦朦胧胧的夜色，朦朦胧胧的心情。

走回家，躺在床上，梦也变成孩子一样天真的了。

真喜欢这样的散步！

给孩子一个施爱的机会

　　星期天中午，我带孩子们去城南的大堤上野餐。餐后，我坐在铺着报纸的草地上看周围的风景。孩子们在长满青草的堤坡上爬上滚下，玩得不亦乐乎。

　　没多久，儿子拿着一枝小花兴奋地跑到我的身边，说："妈妈，你看这个小花，美不美？"

　　儿子说着，已经把小花放到了我的眼前，只见一枝小小的草茎上，几朵米粒大的浅蓝色小花很不起眼地开放着。

　　看着儿子渴望的眼神，我忙说："美，太美了！"

　　儿子听了，转身就跑，说要去给我采摘一大把回来。

　　看着儿子跑去的身影，我的心里真是感慨万千。

　　我很爱花，但是自己不会种花。一是没时间，二是总是把好看的花儿给种死。所以，不管在哪里，只要看到可爱的花儿，我总是忍不住地停下来观赏一番，赞叹一番，然后才恋恋不舍地离去。

　　时间长了。儿子好像看出了我的心思。有时候，去城外玩耍，或者回乡下的老家去，看到路边的野花，他总爱采来一些送给我。

而我在儿子的花香中，总是涌出一些默默的感动。

今天，儿子又要给我送花了。我抬眼四望，发现儿子已经在不远处采摘起小花来。

那种小花其实很不起眼。放眼望去，只见一些小草贴在堤坡上，根本看不到什么花儿。也许刚才是儿子在玩的时候，发现了它，想采一些，却又怕我嫌它长得太小不会喜欢，所以才跑来询问。

我坐在宽阔的河堤上，头顶蓝天白云，背后是青青柳枝，任凭儿子给我采花。

没多久，儿子就拿着一大把小花跑过来送给了我。

看着儿子兴奋的小脸，我忙把那束小花放在了鼻子前。那花香实在是太微弱了，但我还是微微地闭上了眼睛，情不自禁地发出了一声赞叹："啊，真香！"

当我睁开眼睛的时候，我看见儿子正开心地看着我，脸上露出一股无法言说的满足。

而我的心中，往日所有的育儿艰辛已经全部被花香被儿子的眼神感动得烟消云散。

是啊，爱孩子，被孩子爱，这是一种多么幸福的感觉。可惜平时，我们只是不假思索地给孩子关爱，而很少给孩子一个施爱的机会。让孩子学会爱人，从而拥有更加健全的人格，这也许比教会孩子许多知识更加重要。

微弱的花香中，我显然成了世界上最富有的富翁。

语言的温度

那天,单位开会,散会时已很晚。天黑漆漆的,还下着冬天的小冷雨,走出单位大门时,手机有个短信进来,打开来,发现是上高中的儿子发的,我一边放慢速度,一边查看短信内容。大约是手机的微光映照了我的脸吧,黑乎乎的马路上,一个骑着自行车的人,叫着我的名字,说:"呀,是你,没骑车?把我的车骑走吧。"听声音,是我的一个同事,大约她从手机的微光中发现了我步行,说自己离家近,非要把自行车让给我。我说:"你快回家,孩子还在家等着你呢!我一个人没事,一会儿就到家了。"同事说:"你路远,骑车走吧!"我极力感谢、推辞,同事这才向前走了。

看完短信,我加快脚步回家去。雨点越来越紧了,天空黑黑的,大街上没有灯光,同事离去了,但是她的话却暖暖地荡漾在我的心里。

带着一份小小的感动,我向家的方向走去。

在大街转弯处,我发现那个小超市还亮着暖意的灯光,想到家中没有蔬菜没有馒头,我走进去,买好付款,让老板给我包好。

要回去了,我一边围好围巾,我一边感叹:"真冷啊,雨下得更紧了！"女老板看看我，说："我们这里还有一把雨伞，你拿去用吧，明天早上记得带过来就行了。"我接过女老板递过来的雨伞，心里很是感动，连声说着谢谢，然后走进了黑夜里。

雨点更大了，我一手提着刚买的东西，一手打着雨伞，心想，我和女老板并不认识，她也没有问我叫什么名字，在什么单位上班，她的信任仿佛这把雨伞一样，让我的心暖暖地感到这个世界的温馨。

路上，车辆越来越多，远处近处的车灯把光打在雨地里，有时候，拉得长长的，仿佛在制造着一种温暖的诗意，在这灯光里，我快步走回家去。

我常常想，我们的生活是多么平常，可是，这平常里又蕴藏着多少诗意的或温馨的美。很普通的语言，可是，因为浸透着来自心灵深处的关爱，便仿佛有了炉火一样的温度，在黑天冷雨里，让我的心暖暖的，感到我们的生活是如此可爱和美丽！

妈妈的胡辣汤

吃过许多地方的胡辣汤，自己也做过许多次的胡辣汤，总觉着都没有妈妈做的胡辣汤好吃。

妈妈做胡辣汤工序繁杂。

先和一块面，揉好，放一段时间。然后把锅放在火上，倒进适量的水。清洗一些花生米，黄豆，海带，把它们放进锅里去，慢慢煮着。

接着，在另一个火上炒一锅香喷喷的菜。

再接下来就开始洗面块。

洗面块，妈妈很用劲。妈妈把和好的面块放在水中，两只手把面团在水中反复搓洗。要用几个水盆，换几次水。妈妈洗呀洗呀，一直到把面团洗成了浅黄色的面筋。

等到锅里的水沸腾了，花生米和黄豆熟了，妈妈就把面筋揪成一小块一小块放进锅里。等一团一团的面筋煮得差不多熟了，妈妈开始往锅内倒入洗面筋洗出来的面水。

妈妈倒入面水的时候，徐徐地，一边倒入，一边搅动。倒完面水，一直守在炉火前，搅动锅里的食物。

等锅中的食物熟透后，妈妈把先前炒好的菜倒进锅里，搅匀。接着把饭锅从火上端下来。

再把炒勺放上油在火上炸出几颗焦黄的蒜瓣，和着一些红红的辣椒面，放进胡辣汤里。只听"哗"的一声响，饭香全出来了，胡辣汤就做好了。

这时候，年少的我总是急切地拿起碗递给妈妈，妈妈把饭搅匀，就先给我盛上一碗。

看着稠乎乎香喷喷的胡辣汤，我总是胃口大开。平时一碗的饭量，变成两碗。

肚子很涨了，还舍不得放下碗。

每当这个时候，妈妈总是笑我，说我的肚皮成了个西瓜。她还常常对来串门的乡邻说："这闺女啊，最爱吃胡辣汤啦！"其实妈妈不知道，年少的我在心里更渴望的是她能在百忙的生活中对我有这份特殊的关爱。

吃过多少次妈妈做的胡辣汤，我早已记不清楚。妈妈的胡辣汤给过我多少滋养，我也早已不能数点。妈妈对我深深的关爱随着胡辣汤的香味已经永远地留在了我身体和心灵的每一个角落。

那香喷喷的胡辣汤啊！

鞋垫一样的青芒壳

那天整理博古架,看到小小的青芒壳(注:芒果核的外壳)还在盒子后面放着,便把它捡了出来。青芒壳里的籽已经扔掉了,但是,这个外壳被我小心地掰开,然后让一边连着,展开,样子就像一对小孩子的鞋垫,很有意思。我收藏它,实在是因为儿子的缘故。

儿子小时候顽皮,我很爱他,长大了也舍不得他离家远,偏偏他上大学跑到三亚去,远得让我够不着。还好,长大了的儿子很懂事。第一学期回来,捎来了三亚的特产大青芒,让我们品尝,大家都开了眼界。我从未见过那么大的青芒,拿在手中,仿佛揣着个绿色的大鹅卵石,很有童趣,我把青芒外皮削了,再把青芒果肉一条条切下来,放在嘴里,酸酸甜甜,特别喜欢。

青芒肉吃完,剩下的青芒籽,就像一个有趣的大扁豆。我好奇地把里面的籽挤出来,再把外壳分开一边,展开,正好像一对小孩子的鞋垫连在一起,样子特别乖巧。我舍不得扔掉,就放在博古架上,它的水汽散尽后,就成了现在的样子,俨然一个小小的精品。

我喜欢它,一是因为惊奇大自然的造物精致神奇,二是因为常常想念儿子，这成了一点寄托。儿子长大了，有自己的梦想，也学会感恩了，这心思让我珍贵。我收藏这小物件，实在是浸透了我对儿子的想念和深爱。现在闻闻好像还有股植物的清香。那是他大一寒假回来时带回来的，虽然才上了半年大学，但他已经完全不是在家时的淘气小孩了，他成长了许多，让我放心了许多，其实儿子后来又给我们捎过许多东西，像贵妃芒果，椰子糖，椰子奶粉……全是亚热带的特产，千里迢迢，坐飞机带过来。我总是又兴奋又安慰，儿子长大了，懂得感恩了，再没有什么比这更安慰我了！

　　我一直舍不得扔掉这青芒壳，实在是因为这是儿子成长和爱的证据。看到它，我就会想起儿子，想到儿子，我的心里就会很安慰，很幸福，那是一颗珍贵的心，那是一份深深的爱，我很珍惜。

语文之美

从小爱学习语文，长大后做教师教的也是语文。有时候，我会想，语文是什么呢？

我教一年级的时候，课本上最多的是拼音，从拼音教起，每天教学生反复训练，书写最多的无非就是拼音。

到了二年级，课本上大量出现生字，归类的，一组一组，教学生认字，学一个个生字就是那时的主要功课。

三年级，开始向高年级过渡，所有高年级的语文训练项目都在三年级以最简单的形式出现，拼音，生字，句子，简短的文章就是那时的语文。

四年级，一篇篇精选的小短文占据了整个课本，小小的作文也正式进入训练，个别学生会简单地用拼音加文字表达自己的真实情感。

五年级，课文更加精彩有深度，大部分学生已经能开始表达一些东西，比如自己的所见所闻。

六年级，各类文章已经有了篇幅，随着学生的成长，作文已经基本能写个一二三，有点小模样。

语文是什么呢？这就是它最初的样子，从拼音开始，到一个个方块字，一个个完整的句子，一篇篇小小的文章，它其实就是我们表达感情最简单的工具。

但是，随着年龄的增长，随着阅历的增加，随着情感的丰富，语文也变得越来越丰厚起来。在初中，在高中，在后来所有的求学经历和生活中，我们从古今中外的名篇经典里汲取精华，丰富思想，情感饱满，从语文得到了言说不尽的滋养与润泽。我们记日记，背古诗，分析古今中外名著，书写自己对这个世界的热爱。

直到有一天，我不再教语文，却发现，语文已经如滋养我们的粮食一样，长在了我们的精神细胞上。它是那么华美，在锻炼的路上，我发现周围花草树木都那么美，想放声歌唱，而语文，则变成了我表达心中情感与思想最华丽的乐章。

语文是什么呢？最初总是有些急，看不到它完整的样子，难道是拼音吗？是生字吗？是句子吗？是段落吗？是小小的作文吗？

现在才明白，那些只是构筑理想大厦的一块块墙砖，虽然不起眼，虽然很平凡，但是，当有一天，把它们都掌握好了，就会明白，它们是一座坚不可摧的城堡，能带我们走进神奇的秘境，让我们发现世界的诗之所在。

世界那么美，而语文，赋予我们的，就是最好的琴。我们醉心地弹奏，一个个文字发自真心，我们在世界里陶醉，在文字中徜徉。我真庆幸自己这辈子最爱学习语文，又教了那么久的语文，它们给了我生存在人世间最好的抚慰。

语文是什么？是情感，是思想，是生命真心的感动，是说不完道不尽的对这个世界的热爱和吟唱！

秋天里读书

有人喜欢冬天里读书，有人喜欢春天里读书，我更喜欢在秋天里静静地拾起自己喜欢的书。

双休日，摈弃一切繁杂的事务，手执一本自己向往已久的书，在自个儿松软的大床上一歪，灵魂便渐渐地沉静下来。

顷刻间，天南地北的朋友就开始向我展示了思想与文字的精彩。由不得你心胸不开阔，由不得你观念不更新，由不得你心儿不飞起来，由不得你不遐想未来。在书中，一切都显得光明起来，诗意起来，美好起来。

看书累了的时候，闭上眼睛，窗外轻轻传来树叶的轻响，还有知了的长鸣，风一掀一掀地从脸上从胳膊上滑过，几世的烦躁早没了一点踪影，整个世界都成了自己的主宰。

房子里是仙界一般地寂静，神采是想象不出来的灵光飞扬，心像婴儿一样的纯真可爱，感觉像诗一样充满美丽的华彩。

在文字与思想的浸润中，生活的感觉变得流光溢彩。

秋天，天不冷也不热，有时候，还可以坐在小院中，身边是一架绿绿的梅豆秧，读书累了，抬起头，天空海洋一样无边无际的蓝，云朵棉花一样轻轻柔柔的白，刹那间，读书的感觉与天空与大地连成一个浩渺莫测的空间，整个世界显得这样美轮美奂。

　　秋夜，明月皎皎，秋虫叽叽，心儿水一般温柔，这样的时刻，把灵魂放在文字中，满心的感觉像月光一样充满清朗的光辉。

　　多年的教学，日子难免有一点平淡，可读书的感觉却永远是这样清新，这样美丽，这样滋润。

　　走过了春天的娇气和夏天的浮躁，秋天，静静地捧起书，就像拾起一枚街面上刚上市的水果，咬一口，品出的都是人生最好的滋味。

　　秋天里读书，天美地美云朵美风儿美，所有的感觉都是一种与众不同的美。

115

有一种幸福叫作阅读

那天给四年级学生上科学课的时候,我发现一个学生在看一本小书,名字叫《昆虫记》。我走上前去,当然不是批评学生。因为我当时已经讲完了课,让学生写作业,作业完成了就可以自由学习。

我向那个看书的女学生询问,可不可以看一下?女生把书递给了我,我看到了第一篇《论祖传》,觉得挺有意思,就问女学生,看完了可不可以给我也读一读?女生指指同桌小男生,说书是他的,我再问男学生,他向我点点头。我问他看完了没有,他说,看过了,我说好。女学生已经看到最后几页,就这样,下课的时候,我拿到了这本早就听说却没有看过的小童书。

回到家,我一边看书,一边感受作者对大自然的热爱,一边想起我每天游走于大自然写下的那些小文章。在自然中,无论年龄多大,我们都是一个孩童,我愿意每天走进去读一读,每天写下自己的热爱和感受。

我发现,不管多大年龄,如果眼睛能看,我还是愿意看书阅读。每次一走进书中,我的心就完全变了样子,自由,美好,幸福,代替了我在人堆里的拘谨,呆板,严肃。我成了一个幸福的孩子,那么自由,那么快乐，那么舒服，就像一只幸福鸣叫的小鸟，在窗外的世界里想展翅飞上蓝天。

阅读，就是这样地让我快乐和舒服。

书卷多情似故人

国庆节，我没有外出旅行。前几日孩子们在家，后两日要回家伺候老母亲，中间只有一天的时间真正属于自己。于是，在一个没有阳光的午后，我拾起了一本没读完的新书。

出外旅行，看天看地看山看水，收获的是健康与博大。在家读书，翻开的是陈年往事，是智慧与情感，是相遇过去的自己，是拥有那一份独特的美好。合上书卷的时候，我常常感觉到周围的空气都是充满花香和流转着阳光的。

书卷多情似故人。读书，总是仿佛遇到了相知多年的朋友。在文字的行进中，心灵一点点饱满，生活的倦意被驱逐身外，内心诗意丛生，整个家里的空气都仿佛变得浪漫飘逸芳香起来。去喝水的时候觉得水格外甘甜，去吃点小零食也觉得特别醇香。

这几年，因为颈椎和眼睛的原因我读书较少。可是，不读书的日子，仿佛空气稀薄了一般，生命的感觉也常常变得缺少滋味。常常怀念那些读书的快乐日子，于是今年暑假在网上购买了一些新书，告诉自己能读的时候，还是不要放弃。

孤独的时候，有书陪伴，整个感觉就会变得非同一般。心灵在书中旅行，汲取着文化的滋养，仿佛得了地气一般，让人觉得生命有了芳华，整个人也变得馥郁美丽，变成了喜欢的自己。

每次阅读，都是一场心灵的水果盛宴

我常常羡慕现在的小孩子，从小就有那么好的阅读环境，随处都可以找到自己喜欢的图书，拾来一本，就可以天南海北地开始自己的幸福之旅。

我小时候物质贫乏，不记得身边有什么书籍，父母都是农民，家里无书也很正常。再说，那时候是二十世纪六十年代，正是"文革"的时代，生活、生存都是问题，谁还会在乎读不读书。阅读也就成了奢侈。

记忆中，有书读已经到了初中。

除了课本，我印象最深刻的就是有一天，我在家里的窗台上发现了一本《小铁锤的故事》，书里讲小铁锤偷了日本鬼子的大马去给八路军报信的故事。我反复看了不知多少遍，很佩服小铁锤的勇敢和机智，封面上小铁锤骑着大马飞奔的身影至今还历历在目。

后来，我在家里又发现了一本书，名叫《七侠五义》，和现在的《三侠五义》差不多，讲的都是英雄好汉的故事。这大概是我那读高中的大哥不知从哪里弄来的吧。虽然外面的书皮已经没有了，但是，里面的内容很精彩，很吸引人，那一个个英雄人物非常生动地活跃在眼前，我常常一看起来就忘记了一切。

再后来,我发现家里时不时有张破报纸,大概是家里人包东西不用的,我会拿了一张来看,虽然没头没绪,但上面的文字很有意思,我也会痴痴地阅读上一阵子,有时候,正看到精彩处,报纸却少了一片,无处看到后面的内容,心里就觉得怅然若失。

这大概就是我最初的阅读。

阅读丰富起来就到了初三,课本上的文章渐渐有了生活气息,身边渐渐出现了一些课外读物,比如《儿童文学》《小溪流》,在教室里捉住一本,我就会欢天喜地看个没完。那上面的文章就像一个个按钮,打开我心灵的闸门,让我觉得书中的世界真是有味道!

真正的阅读,应该是到了师范学校。

学校里有图书馆,学习不再那么紧张,办个借书证,我就仿佛拥有了自己的一片海洋。

借的最多的书是外国文学作品,外国中短篇小说、《茵梦湖》、《忏悔录》对我影响都很大。我一遍遍地阅读,还学会了人物心理分析。也许外国小说,在那个时代与我们身边的环境相比显得更加人性化吧。我特喜欢那种看似简单,实际上充分表达人物心理,非常人文的描述,我的阅读在这里是个重要开始。那时候,很多课外时间我都是在读小说中度过的,有时候也把小说拿到课堂上阅读,放在抽屉里,有一次,被生物老师发现,当场受了批评,现在想起来还觉得尴尬。

再后来,走向社会,发现读书还是很受限制,是一种奢侈。

去新华书店买书,管理员站在柜台内,自己在柜台外,指着管理员身后书架上的书让服务员拿给自己看,拿多了管理员会厌烦,自己的工资少,买一本书不容易,想挑挑书,管理员冷漠的态度总是让人战战兢兢,好不懊丧!想着县里的图书馆要是有个熟人多好。可惜,那时候谁都不认识,只好在寂寞中轻轻叹息。

年轻时能读书多好啊!有的是时间,有的是精力。

改革开放真好！书店的变化真令人喜悦。原先的格局，读者只能站在柜台外，远远地瞅着书皮，叫管理员给自己拿书，现在变成了开放式，读者可以走进去，随意挑书，相不中再换一本，没有人嫌弃你看得多，心烦。这真是一种让人开心的经营方式。从此，阅读便与我再也没有分开。

我在书店办了借书证。现在，学校里都能办借书证，一点都不稀罕，可是，以前不是这样的，想读书，真是很受限制。当我有了借书证，我的生活便都改了色彩。一有空，我就会去书店，有时候，一进去，图书员就去抽屉里找我的证，我经常去，和她们都成了熟人。

我读书内容很杂乱，起先还是读文学的多，想从书中看人生，阅读人物命运。中国的作家作品也读过不少，但我还是很喜欢读外国文学，为了弄清那么多外国名著，我还专门买了一本《外国名著大选》，像《茶花女》《红与黑》《复活》《简·爱》《呼啸山庄》《大卫·科波菲尔》等都曾深深迷恋。

后来，我喜欢上国内一些女作家的文章，张洁、方方、池莉、毕淑敏，都对我有影响。也喜欢港台作家的简洁与智慧。比如，三毛的简单浪漫，梁凤仪的智慧刚强。

家的附近渐渐开了两家书店，于是，放学回去的路上，我常常会走进去看上一会儿。看上一会儿，心里的快乐就会多许多。我曾经在日记中这样写下当时的感受：走进去我就扎进了杂志堆里。这里一篇美文，那里一篇哲理，这里一个故事，那里一则经典，左读右读，全是美好的语言。眼睛亮了，心情美了，感觉快乐了，喜悦在心里汹涌着。走向书架，看最近有没有进什么新书，遇到想见的，就抽出来翻翻，一本，两本，呀，看得人心情如花，心花怒放。

看得多了，也想写，自己开始订杂志，《小小说》《中华散文》诸如此类，在家里随处可见。

结婚成家有孩子以后，阅读的内容也发生过改变。各种开发孩子智力的期刊杂志我都有订阅，《启蒙》《今日家教报》都曾陪着我们成长。《卡尔·威特的教育》《爱的教育》《情商启蒙》《托起明天的太阳》，当时流行的《玩学习》《和北大才子谈心》等也都是我常看的书籍。

孩子渐长，觉得自己好像还有许多梦想都未实现。一天，在书店发现一本卡耐基的《如何停止忧虑，开创人生》，觉得观念非常新颖，还有具体操作方法，教人放弃不利的旧观念和生活方式，令我大开眼界，我系统地读了许多本同类书，觉得自己的观念也开始发生变化。生活得更快乐也更有力量了。每天，牵着孩子的小手一起去书店，孩子读童话，读科普作品，我们一起度过了许许多多快乐的时光。

孩子大了，自己的教育观念需要更新，学校里的教学改革春风遍地一般地在展开，各类教育书籍就在身边，随时随地拾起来读一读，内心总觉得特别充实特别有用。

也特别喜欢港台的散文，林清玄，刘墉，席慕蓉，张晓风，他们的作品自然，儒雅，温暖，甜美，与生命更加贴近，都曾是我的最爱。

现在，校园里都有了图书室，想读书，真是很方便。学生们经常有新书读，我常常拾起一本学生的书，和学生一起阅读，或坐在讲台上，或站在学生身旁，一翻开书，我就会沉浸在书的世界，心中的那份快乐总是如滔滔江河。

读多了，随笔涂鸦积累一些经验。教学生写作文的时候，就觉得非常轻松。课堂上给学生讲课文，随意营造一种平等的温和的人文课堂，教学生轻轻松松地学习语文，孩子们开心，自己也觉得非常享受。读多了，常常有写作的冲动，记得我的文章在《时代青年》上发表出来时，我的心里不知道有多兴奋，一下子觉得天从来没有那么蓝那么高。后来，在《教育时报》上陆续发表文章，心里就更加快乐。在《河南教育》《现代家庭报》《今日家教》《黄种人》等也发表过一些文章。回想我走过的阅读之路，觉得我读文学，读成功学，读教育理论，都是在为人生为梦想积淀。读书写作的日子总是过得特别充实，我也鼓励学生写作文，投稿，辅导学生在《小学生学习报》《小作家报》《少先队专刊》等报刊上发表文章。每次，孩子们文章的发表，我都会和他们一起开心快乐，觉得日子过得特别亮丽有价值。我想，这大概都是我多年阅读的结果吧。

其实，这么些年，读书，写作从没有离开我的生活。虽然有时候忙起来，我也会忘记一切，但是，走累了，静下来，我还是愿意拾起一本书来读一读。读一读，日子立刻就会变成自己想要的样子，温暖、清明、充实。有了想法再提笔书写一阵子，心中的感觉就觉得特别殷实特别美好。

我常常想，人的一生没有书读也可以生存，但是，如果有了书，那就是有了境界，生活的范围就会一下子拓宽许多，生活的内容也会变得五彩斑斓，生活的感觉也越来越美好。

就像生活中，没有水果吃，我们照样可以生存，但是有了水果，我们的生命就多了更多的滋养。我觉得每一本书就像一枚水果，它带给我们心灵的充实与快乐是什么都换不来的。

从这个意义上说，每次阅读，就是一场心灵的水果盛宴。阅读各种书籍，一如品尝各种水果，心里会多出无边的甘甜与滋润，生命会因此有更多的充实与价值。

让生活更美丽，让生命更美好，这一生，怎么都不能不阅读！

写作，我此生最好的朋友

这一生我的爱好里坚持最久的当数写作，尽管我有过当作家的理想，尽管我至今没有成为作家，但是，这都不影响我写作的爱好。

写作实在是一件令人如痴如醉的事情！遇到美好的风景，想细细叙说的时候，写作无疑是最好的方式。生活中，没有人会听你细细描述，但是，写作会做到，提起笔，把心中的意念扯出来，如蚕儿吐丝一样，结成自己的茧，那些文字，充满了自己对世界的热爱、颂赞，那时候，我的心里是多么痛快酣畅！

为了对抗日子的虚无，空闲的时间里我提起笔，书写自己的足迹和心灵印记。某个时间里，翻开文字，我的心会重新回到过去，遇到年轻的自己。在那个瞬间里我恍然回到青春，仿佛新生，生命因而显得更加厚重。

因为写作，我仿佛看到另一个不甘平庸或者说文化的清醒的另一个自己，我与她时时对话，时时交谈，改变她的狭隘与落后，催促她学习与进步，提醒她不甘于平庸，即使生活在平凡处也要做清新的自己，时时读书，朝向美好，朝向理想，朝向最美的状态，过自己最不后悔的人生，做最真心的自己。

因为写作，我记录下了自己的生活，把自己的心路编成个人的心灵历史，给别人参考，给自己提醒。日子空虚，写作让人充实。

我曾经做过试验，如果我不提笔，我的日子常常会变得混沌，过得仿佛不曾走过，没有留下一点看得见的痕迹。

而如果我提笔，我的日子，仿佛天空有了绵白的云朵，大地有了灿烂的花朵，日子变得温暖而充实，内心里也仿佛有说不完的开心。人生的不可逆转决定了日子的珍贵和无与伦比，写作可以让时间化成永恒，定格在我们心中。

因为热爱因为想叙说，所以，我写作。因为写作，所以我快乐。

在写作中，我常常为自己辩解，也许我的写作严格意义上只能叫作记录。许多小说家都写别人的生活，我则觉得，写作若能帮助自己过好自己的人生，对自己来说，更有价值。因为小说中的人物是虚构的，而我们自己的人生是真实的，宝贵的，不可比拟不可取代的。

写不了别人的故事，记录好自己的生活，促进自己，改变自己，做最好的自己，有最好的不后悔的人生，这对自己更有现实意义。

我喜欢记录生活，喜欢写出自己的酸甜苦辣，我喜欢用写作修正自己的人生，留下踏实的足迹。我觉得如果每一个人都能写好自己的人生，那么，写作真的功不可没。

像最好的知己，像温暖的情人，我喜欢写作，喜欢用心和文字对话，喜欢在这条明亮温暖的道路上一路高歌，一路欢唱，一路静思，一路默想，浪漫奔向前方。

我把生命的许多时间都给了写作，别人游戏的时候，我提笔寻找自己的方向，别人闲聊的时候，我提笔书写自己的思考，别人放逐人生的时候，我提笔总结自己的得失；也因此，我在文字里看到了自己的远方和诗，看到了绚烂的花的海洋，也因为如此，我写，我快乐，我收获。我不想停止歌唱，像鱼儿离不开水，像瓜儿离不开秧，像生命离不开空气，我用写作坦然呼吸，汲取营养，愿留下一路芬芳，收获一心快乐和幸福。

人生漫长，我不知道前方会遇到什么，但是，我知道，我用笔记录生活，走过了，回头会发现身后留下了许多。情感，经历，感悟，反思，它们，让我看到自己在人间的历史，让我看到自己在生活的海洋边留下的足迹，让我感到生活在这个世界的真实，不至于前途茫茫，回头也万分惆怅！

爱我的那个人她真的老了

　　生我的时候，她已经三十七岁。这样，在我十八岁考上师范学校的时候，她已经五十五岁。五十五岁在现在看来，也许不算太老，可那时候，是二十世纪八十年代。八十年代被生活所累的农村妇女看上去真的像个老太太。加上家里人多，我兄妹七个，她要为一大家人的生活操劳，忙碌，所以那时候她看起来已经仿佛现在六七十岁的老人。

　　我十八岁的时候，心里正云天雾地一肚子浪漫，我渴望母爱，希望与母亲沟通，得到她的呵护。可是，她却总是那么忙，忙着给一大家的人做饭，同时要抱她的几个孙子。我连一点接近她的时间好像都没有。

　　我抱怨过，恼恨过，我真希望自己有一个年轻的母亲，她把我当作乖乖女宠爱着，像朋友一样无话不谈，或者我还在梦里盼着能和她手拉手，好姐妹一样亲密。

　　可是这一切都在我心中隐藏那么不现实。

　　我是多么想要一个年轻的妈妈，我是多么嫌她老迈啊！

　　可是，每次回家，她总是忙着给我做吃的喝的，我的心里怨恨，却又离不开她。

这就是我的母亲。

转眼间，我也三十七岁。

三十七岁才知道，原来，这样一个年龄生孩子，再把她带大，还要操劳一家人的生活有多艰辛多不容易。

于是，常常的，我会责怪自己，小时候太不懂事。她生我的时候是老了点，可是，她一如天下所有的年轻母亲爱她的孩子。织成新的格子布了，她会迅速地给我做件新衣服，让我在贫穷的岁月里内心里有一份小小的满足。我上初中的时候，每天放学回家，炉火台上总是有她给我凉好的饭菜，在农村农忙的时候她仍然如此，给了求学的我最好的心理支持。考上师范了，她忙前忙后准备行李，是那样为我自豪。我成家了，她又开始挂念我和我的孩子。

每次回老家，她都会做我爱吃的胡辣汤和油烙馍，再热的天再累的日子，她也会让我生活的安慰甘甜。

她信基督教，她常常为我祷告然后又为我们全家每一个人祷告，她把她的爱融化在每一声对上帝的祷告声里，她希望我们每一个人都平安幸福。

在她的爱中，我一天天长大，成熟，强大。

而她仿佛转眼间就过了八十。八十多岁的她已经俨然一个老婆婆了。

端碗的时候，她的手会抖得厉害，即使这样，每次大家聚在一起的时候，她还要抖着手给她的儿孙们夹菜。我总是批评她，她也知道我是心疼她，可她还是我行我素，抖着手给孩子们夹菜。她爱亲人已然成为一种习惯。

母亲一天比一天老了，有时候，我是多么想用自己成熟的双臂给她一些安慰。

那年，我搬新家，把她接了来。

有空的时候，我会陪她到小区的健身器材上去锻炼。那天，她在活动器材上做了三十多个推拉的动作，快乐得就像个无忧无虑的孩子。双休日，我放下手头的事情，陪她到大街上逛街，她站在摄影表演台前看模特走步，整整看了一个下午，俨然一个贪玩的孩子。她的腿力还行，能从三楼一步步走到一楼，每一次下楼，我都会小心地看护着她，那感觉就仿佛在陪一个刚会走路的孩子。

母亲其实很容易满足。在母亲孩子似的幸福里，我的心也常常感到慰藉。

可是，这两年，母亲的身子越来越不如从前。就像个小孩子一样离不开家人的看护，还唠唠叨叨说起糊涂的话来。

唉，母亲真的是老了啊！有时候，看着母亲那颤颤巍巍的样子，我会想起往昔她的强大，她的能干，她的整洁，她的勤劳，她对我充满智慧的教育。

我没有想到，岁月竟然会使昔日强大的母亲，变得这样脆弱。有时候我真的很想掉泪，这就是我们的母亲吗？

那个爱了我们一生的人，她怎么在把我们培养强大后成了这样一种样子？那个给了我生命给了我幸福的强大的人，她到哪里去了？是谁把她变成一个需要我们扶持的孩子？

我多想求上帝，把她的强大还给她，让她还像往昔一样强壮。可是，这是多么不可能的事！

在内心的微软里，我一次次告诉自己，尽自己所能，给母亲一些扶持，给母亲一些安慰，不要叹息，多做实事。我真怕，我真怕，有一天，她会悄然地离开我们，让我们留下一肚子后悔，而我再也无处去叫她一声妈妈，再也见不到我的娘亲。

那个爱我的人啊，她真的老了！我痛惜着，多想扶着她，走在蓝天下，多看看红尘，多看看天地，这机会，对她不多，对我们也不多。

让我们像小时候，她爱我们一样爱她。让我们不留后悔，不在她离开的时候，号啕痛哭，空留下一肚子揪心的惭愧。

很想告诉她，如果有来生，我，还愿意做她的女儿！

哦，我的花儿也悄悄地开了

儿子上初中的时候，比较贪玩，学习一度落后。我想尽办法，然而青春期的少年，心思总是飘忽不定，一切都没有大的改变。一次在餐桌前吃饭，看着一如孩童的儿子，我不由感叹：儿子啊，每个小孩都是一朵花，有的小孩儿早早就开出了自己的花朵，有的小孩儿呢，东瞅瞅西望望，就是不愿意开放，可真让人着急！儿子听了，不但不羞愧，还嬉皮笑脸地接着我的话说道："我呢，就是那个东瞅瞅西望望不愿意开放的花朵！"我听了，真是无可奈何。

转眼儿子上了高中，学习一直没有大的起色。高二结束要升高三的时候，儿子告诉我，他特别想学吉他，我考虑再三，还是去市里用我多年积攒的稿费给他买了一把吉他。其实我是多么希望儿子把劲头都用到学习上，考一所理想的大学。可是，儿子想练习吉他。暗自叹息之后，我给他报了个班，交了费用。别人补习功课的时候，他顶着酷暑去练吉他。我看到他那娇嫩的手指都练出水泡也不停止的样子，就想，孩子想做什么就让他做吧。

我要这个儿子不容易，小时候甚至特别宠爱他。从小他就很顽皮，我经常陪他去书店，让他养成爱读书的习惯。不放心，小学五六年级，我还亲自把他放在我的教室，担任他的语文老师。总以为已经给他铺好了路，他会走得一帆风顺。

可是，没想到进入初中，一向成绩优秀的他就开始落后，平时不在一个小学的小玩伴都集中到了一个学校，教室里那么多男孩子，在一块云天雾地地瞎聊，想必比做题更有意思。

学了一个暑假吉他，转眼就到了高三，渐渐地我发现，他也紧张起来，功课好像一点点进步着。然而毕竟空白较多，高考成绩出来的时候，他的分数比本二线少了一点，上本三倒是绰绰有余。非常肯定，他不愿再复读。

高考一结束，他就告诉我，他要拿驾照。报名时，年龄还差十来天，一边上车练车，一边学理论，过了年龄才去进行体检。练车的日子非常辛苦，酷暑下，一些同伴都停下来躲在家里的空调房，我以为他也会休息。他也报怨天气的酷热，可是，却始终没有停下来，每天，不用叫起床，早早就去驾校签名排队，回来吃饭后，再跑去驾校练车。一假期，晒得黑黝黝。他真不像我原来的那个小孩子。我以为他吃不了苦，可他用行动让我明白，他其实还可以。假期没结束他就拿到了驾照。

上大学，选学校，认准了，义无反顾。他要去三亚。

那么远，我不想让他去。然而，最终，还是如了他的愿。

送他去郑州的火车站，进站的时候，他背着双肩包，拉着箱包，头也不回，走向候车大厅。我在身后，看到自己心中的牵挂在我与他之间炸裂得啪啪作响。

从一出生他就占据了我的生活中心，如今要去那么远的地方上大学，我想看一眼都不容易。那一刻，我真是脆弱得不行。

他从小就聪明，学习不错，我一直希望他考一个比较理想的大学，甚至清华北大我都想过。然而，他愿意这样走路，就像小时候，我在人行道上走，他呢，总是爱从商场的这个门口进去，再从另一个门口出来，一路上，他玩捉迷藏，他滑动脚步在我身旁飞翔，我已经习惯了他做我的小跟班，活跃在我的前后左右。

他呢，一天天长高，一次次起飞，总想飞到远方。

小学，我教他学习语文课文《走向生活》的时候，他读着罗斯福夫人"走向生活，广交朋友"那句话，就特别向往，他说他也要走向生活，广交朋友。上高中的时候，他甚至看不起那些只知道埋头学习，不热衷班内活动的同学。

他终于如愿，飞向了海南，他说三亚学院环境好，设施好，校区大，虽然是三本院校，但是像个真正的大学。

军训的时候，他特别积极，喊口号嗓子都哑了，还给我说，不算啥！

竞选班长要演讲，他写了稿子发给我，让我过目，我从未看到他那么努力。

他的同学告诉我，他的演讲很好，票数第一。

他成了他们那个大班的班长。

他去报到前，还是我要处处护着的没长大的不懂事的小孩！

接下来他告诉我，他的工作好多啊，他每天要工作到深夜，刚开学，班里的资料要录入要整理，很多很多的事要处理。我心疼他，说不行就辞了。他却说，没事，同学们都很好，都愿意帮他。他就是要锻炼自己的能力。

日子过得可真快，现在儿子已经是大二的学生了。暑假回来，他都没有给我说。那天，我在老家伺候母亲和婆婆，看到我们家的车开到了家门口，非常吃惊。因为老公在单位上班，女儿正在练车，还没拿到驾照，谁会把停在城里家楼下的车开到了老家来呢？

我急切地去看驾驶室，原来是我那宝贝儿子回来了，海南到河南，那么远的路啊，他一声招呼都没打，就站在了我的眼前。

我喜出望外地抱住儿子。儿子依然像小时候一样，顽皮，一脸嬉笑，原来他要给我惊喜！他自己打工，挣了机票，自己坐飞机飞回来，同学开车去接他，回我们家放了行李，换上我们家的车就直奔老家来了。女儿在家，然而，他不让姐姐给我通风报信。

我这个儿子啊，还像小时候，他就是这样的孩子，顽皮，也总带给我快乐和惊喜。我们曾经像好朋友一起手拉手上学，散步，去图书馆看书。

和他一起到家的还有三包三只松鼠的坚果，他知道我爱吃坚果，从网上订购，正好在他到家的时候也被签收。

2014年感恩节那天，他用自己挣的钱给他老爸网购了一部手机，祝我们快乐，说他自己又买了一台台式电脑，过几天，就把他的笔记本电脑寄给我用。

过年放假的时候，人还未回来，就在微信上向我发来了获得优秀学生干部，还有四千元奖学金的消息。

大二这一年，儿子嘴里说给我频率最多的词就是：妈妈，你不用再操心了！不要再那么操心行不行！

还要说什么呢？

我那为儿子成长紧张的神经一点点放松下来，我的心里一次次享受着花开的幸福。

想起那天在微信上看到一篇文章，对成功的重新定义：懂得感恩，心态阳光，有自己的目标，能吃苦，积极进取……

我想，不管成功与否，儿子正在按着自己的心思走向自己的生活，我们都过得很快乐，这就够了。

一个小孩，他要按照自己的方式去努力去成功，想拥有自己的幸福，作为母亲，我还有什么不乐意呢？我只有深深祝福！

第四辑　以梦为马，向远方出发

以梦为马，出发，将远方的日子雕成繁花

春天里出行

1

"烟花三月下扬州",这几年一直有去扬州计划,然而未能成行。今年想去,然而害怕腰疼路上难受。因为户外的团队买的火车票不是卧铺,太想出去了,心里一直有个念头,一直像小鸟展翅欲飞一样,搅得我不能平静。还好,同伴也帮我咨询,我借了防潮垫,准备路上躺在走道里,自己解决睡觉的困难。取来防潮垫,我的心里轻松了许多,我终于要出行了。春天的出行多么重要!对我来说,想到的事,只想立刻变成现实。

要出行了,我去买了药,一边吃药治腰疼,一边贴上万通筋骨贴,感觉有好转,心里不仅窃喜,开始准备行装。先擦了箱包,好久没出去了,箱包上落满了灰尘,轻轻拭去,心里多了一份期盼与喜悦。人,还是应该常常出去走一走的。出行,让凝滞的生活多了惊喜与快乐。真好!要出去了,烟花三月下扬州,不知道扬州到底好不好,有了这份期盼,心里就喜滋滋的。

吃的喝的，装进了箱包里，再带些装备，明天下午就可以出发了。已经安排好时间，一切就绪，就可以像鸟儿一样展翅飞翔了。旅游，是放飞心灵最好的途径。春天里出行，心里一想，就觉得特别轻松。

2

我的旅行，许多和古人有关。因为古人说，五岳归来不看山，黄山归来不看岳，我便直奔黄山而去。先看了黄山之美，有机会再一个一个去看其他的山，好像会当凌绝顶，一览众山小一般，占领了最高点，便不再着急，剩下的，有机会逐渐进行。

我去扬州，也是因了古人的"烟花三月下扬州"这句古诗。三月的扬州有多美呢？我要走一趟，去看看。就这样，今年，我去了扬州。

烟花三月下扬州之瘦西湖

对于扬州最初的认识源于一句古诗，后来缘于一曲歌舞，"烟花三月下扬州"。三月，万物萌发之际，扬州，该有怎样的浪漫？始于这样一种憧憬，我在计划了两年后终于踏上了去扬州的路上。

2016年3月25日傍晚，我和朋友一起，随户外旅行团出发，从家乡的小城奔赴扬州。因为腰部不适，一路上奔波，感觉好辛苦，心想，所谓的浪漫不过是一种意念。扬州在诗歌里轻轻飞舞，如一天烟花绽放在思维的空间。其实这只是古人的浪漫，当古人古都古运河古船都隐去之后，现代的扬州会不会只是浮空一梦，空留黑瓦，缺乏暖意，没有古诗中的韵味，会不会让人空空失落，只留叹息，烟花一梦，醒来只有深深的惆怅？

2016年3月26日中午10点，我们终于来到了扬州的瘦西湖，低低的黑瓦古房，仿佛经历了流年的沧桑。随行人进去，蹭了一个团，听导游讲解。然而，脚步匆匆，还没有仔细欣赏，导游就挪步他方了。跟了一段时间，觉得瘦西湖适合放慢脚步，一点点去品鉴，于是，离了队。偶然也蹭一下不同的导游，听听每一处建筑的来历或古桥的文化，然后拍点照片，悠然游园，倒也惬意。

走着看着，终于明白了为什么扬州的西湖称作瘦西湖。其实，说瘦西湖是湖，不如说是一条河流，窄窄长长，蜿蜒而去。河上一座座小桥，让游人从河这边到河那边，再从河那边移至河这边。河上碧波荡漾，河岸柳树新发的柳芽还未长大，极其鲜嫩，鹅黄一片，在春风中轻轻飘扬，极尽瘦西湖的温柔。而树下黄色的迎春花一堆堆一丛丛，时不时也点缀着一些俏丽的二月兰，色彩别致如春天的一首小诗。各种花在湖两岸竞相绽放，到处翠色欲流，仿佛一个偌大的植物园。而园中，古建筑这儿一座，那儿一座，掩映在绿树丛中。游人如织。古河古桥古建筑，各种植物，各种花卉，各种造型设计。偶尔草坪高低起伏，芳草遍地。有鸽子吸引游人。而我，特别钟情在瘦西湖边漫步的惬意。放下一身旅途疲累，把心思融进瘦西湖的柔情里，我满心舒服。

　　窄窄的瘦西湖，碧水悠悠。青青的两岸柳轻轻飞扬，如诗如梦。花簇堆出来的湖岸。水上古船画舫如少女的绣品一般，有着古色古香的韵味，载着游客悠然慢行。仿佛一处甜美的梦境。又仿佛一块可心之极的甜点。让人有种梦里画乡的陶醉。

　　水长桥多，才下一座桥，又到一处台阶，拾级而上，或极目远望，或细品足下，都觉得行在诗歌古画里。有人在手机里放着《烟花三月下扬州》的歌曲，更觉得窄窄的瘦西湖是一个荡漾着诗和画的河流。

　　在湖心的莲花桥，在形如满月的二十四桥，在钓鱼台，我们拍照，我们静心细品古人的浪漫与智慧。在满园的芳华里我们沉醉，我们留恋。每个人都忍不住感叹古人的细致与温婉。其实，比较现代生活的快节奏，古人似乎更懂得生活的精髓。匆匆忙忙的我们是不是该放下心中的粗率，多一些细致的情怀。品一下生活深层的细致滋味。然后拥有古人一般的柔情浪漫与温暖，把生活过出自己的精致来。多一些情调，多一些品位，多一些文化的滋养，多一些与大自然的天然相融，把生活的细微幸福精雕进自己的心里来。

　　瘦西湖，仿佛一首精致的诗歌，蜿蜒而去。留下的却是芳草满园，遍地繁花，黑瓦古塔，小桥流水。几个小时的漫步，让人思绪良多，其实我们来的还是有点早，如果是真正的农历三月，柳絮满天飘飞的时候，想来一定会更美。

　　如一首轻盈的小诗，瘦西湖永远地写在了我的记忆里。

扬州"个园"印象

  游"个园"的时候，已是半下午，导游买了票，大家依次进去。没有阳光，个园显得比较清静。我们首先参观竹园。修长的绿竹，一丛丛布满了园子，漫步林间小道，感受着竹丛漫步的幽静，听导游娓娓讲述有关个园竹林的故事，竹子的品种，个园的由来，个园主人的用心，觉得特别有情调。

  说到情调，特别欣赏个园主人在奇石怪山间布置的石屋。厚重的石块，堆成一个山洞，阳光照不进来，有曲折的走廊，宽阔之处仿佛山间的屋宇一般，能盛夏避暑，也能雨天赏景，在石凳石桌前喝茶听雨声沥沥，或在石屋靠窗的位置弹琴奏乐，看满园竹子雨中新景，真是别有洞天与心怀。

  修竹与怪石遍布个园的角角落落，若有风起，随处可听见竹叶飒飒发出的轻音乐，这时候，游客的心怀应当是相当的安静秀美吧。

  参观了竹林与石园，我们穿过窄窄的过道，来在主人的居所，古砖砌成的古屋，才知道古人是多么会享受生活的美好滋味。在厨房，我们看到了竹园主人用饭时古朴的炊具，在客厅，我们参观个园主人对子女留下的教诲，每一处都充满了用心与讲究。

一边走，一边体会古代大商的生活，从个园出来的时候，我和同行的人都有了许多感想，觉得个园主人的每一个生活细节都细致讲究，真令我们望尘莫及。

相比现在，我们的生活，其实更简单直白。行走在个园，看着深深密密的修竹，心想，若有风起，竹园飒飒，古人若在，定会在风中沉醉，也会对我们的直白摇头吧。其实，我们的生活自有我们的选择，古人的幽幽之美，我们也会偶尔当作理想陶醉一下，赞叹一下，然后当作风景，化作心底的一条清清溪流。

个园的美，美在深深的修竹，美在千奇百怪的石，美在深深的古屋，美在古人那婉约细致的生活理想与情调。

在东关老街

从个园的后门出来，天色已暗，华灯初上，东关老街一片热闹景象。金黄的小灯成串排列如简笔画一样点缀着东关街的古墙。

我有点感冒，只想找到一家饭店，喝点热汤。东关街不宽，窄窄长长，房屋错落有致，街上人们摩肩接踵。我和同伴匆匆忙忙寻找，因为寒冷让我禁受不了，真的太想喝点热的饭汤暖暖身体了。中午在瘦西湖，脱了外套照相，可能受了寒。许多小饰品店和小饭店杂在一起，人特别多。终于找到了一个有空位的小饭店，招牌是四喜汤圆，因为前面有导游在车上介绍的经验，我又特想喝点热汤，看到这个饭店，我们便直奔进去，报了饭，付了款，等待着。人好多，催了两次才轮到我们，四个大汤圆盛在碗中，相当于我们家乡的六七个汤圆吧。也许冷极了，我和同伴立马进餐。哇，甜甜的糯糯的汤圆，吃在嘴里，再喝点汤，感觉好幸福。

喝了热汤，不再感觉那么冷，又点了扬州炒饭，听说不错。吃的时候感觉还可以，一边吃饭，一边休息，一天的疲累去了许多。走出小饭店的时候，看到一个卖姜糖茶的小店，上去买了一杯热茶，双手握着，吸一点再吸一点，感冒的冷渐渐去了，不再饥寒交织，感觉好多了，放慢脚步，和同伴一起逛街。好长的一条老街，房子前后错落，并不整齐。但灯光通明，人头攒动。卖吃的喝的穿的戴的，各种小物品，一应尽有。看到那布满芝麻的黄桥小烧饼，我上去买了一些。

在导游约定的时间，我们走出了这条点缀着金黄色小灯串的百年老街，来到灯火更加灿烂的大牌坊，回头望，灯火如花，小街如一条窄窄的小河，人们如在游园，熙熙攘攘中各有自己的选择。

告别老街，我们一路出了扬州城，向兴化进发。晚上我们要住在兴化的一个宾馆，第二天去参观兴化的水上千亩油菜花垛田。

普通的花，不一般的风景

　　扬州之行的第二天中午，去参观兴化水上千田油菜花垛田。

　　早上从兴化宾馆出发，中午到达兴化千亩油菜花垛田风景区。排队等候竟然达两小时之久，天南海北的人们挤挤挨挨，都为了看油菜花。其实说起油菜花，我们都不陌生，我们的家乡就有油菜花，然而像兴化这样大片种植在水中垛田上的却没有。

　　兴化的油菜花实在多。等了两小时之久，终于坐上了游船。船在水田中的河面上，缓缓而行，油菜花开在水间垛田上，而田间这儿一条沟渠，那儿一条沟渠，沟渠纵横，垛田相隔，黄色的油菜花在风中微微摇动，仿佛在向行人问候，蓝天下，水，油菜花，游船，游人，织成了一幅安然静谧的画。

　　是谁想出了这样巧妙的方法，将普通的农作物化成天下风景，引的南来北往行人千里迢迢来赏花？

　　船上欣赏油菜花，这还真是头一回，人行在水上，看天地后移，水色天光花海映照，真是挺新鲜的感觉。

　　及至上岸，人们迅速分散在油菜花的海洋中，赏花拍照留念。

我因为昨天有点感冒,去田间小饭店吃了一碗馄饨,我的同伴则拿着相机上了不远处的小楼去赏花,用餐后我也上楼去,不想让自己错失美好。

楼上赏花的人真多,挨挨挤挤都在各个窗口沉醉拍照,我找到同伴,一起赏花留影。

登高望远,天底下,油菜花一垛一垛漫延开去,黄灿灿一片,沟沟渠渠分散在花海间,水上行船来来往往,赏花的人在小路上成群结队。

花间,这儿一座小桥,那儿一拱小桥,或木板小路相接,或石块铺地,阡陌交通,都隐在花田间。

拍完照下楼,去往另一个更高的瞭望楼去,那儿想必视野更宽广。

一路上,隐身花丛,和同伴做各种姿势拍照,过足了拍照瘾。

及至上了瞭望塔,才发现,天底下,目之所及,全是油菜花,无边无际,与天相连,一垛垛,一片片,黄花遍地,绿叶相衬,沟渠分隔,水波光影。这情景从四周浮上心头,特别有气候。没想到,当普通的花形成一片海洋,那种磅礴大气的美铺天盖地,给人的感觉竟然这般奇妙!

不管从瞭望塔的哪个窗口向远处望,周围全是黄灿灿的油菜花,那色彩仿佛西方的油画,浓重美好,而天空,河流,相互映衬,眼前真的是美轮美奂,令人难忘。

普通的农田,巧妙的设计,于是,兴化便有了天下闻名的千亩油菜花垛田风景区,回到车上,人们无不感叹,还真的挺美,不错!

普通的花,用心了,都是风景。

李中水上森林

去李中看水上森林，一进园便感觉挺美！直通通的云杉树密密成林，直指云天，树下，紫蓝色的二月兰，正遍地怒放。

沿着林间的文化长廊向里走，一边走，一边欣赏走廊两边树林间一个个牌子上的本地名人事迹，然后，就来到了登上游船的小码头。排队上船，说是船，其实是竹排，撑竹筏的老者将竹竿轻轻向岸上一点，竹筏便稳稳地行在林间的河道上了。河道两旁，全是高高的云杉树。树下，芳草青青，二月兰点缀其间。树林，花朵，河水，构成一幅安安静静的画。我们的竹筏悠悠地穿行其中。

下午，阳光安静地照着高高的云杉林，照着河道，奔波了两天的我们安然地随着竹筏悠然前行，时不时抬头看看天空，因为树上叶子还未完全长出来，所以，天空依然看得清晰，浅浅淡淡的天空与灰黑色的树枝相间，树上，有许多鸟，时不时鸣叫其间，相呼相应，在高高的树梢上飞来飞去，一派悠然模样。

而树下的二月兰点缀在青青的枝叶间，洋溢着春天的朝气，说不尽的秀丽。一道道水渠在树林间，织成纵横的河道，水边云杉树的树根裸露出来，仿佛姿态各异的根雕。在船上，闭上眼，听鸟鸣，感受春日的悠闲，觉得特别的享受，内心里漾起一种特别幸福的安恬。大自然总是这样神奇，走出家门，就有能安放我们心灵的佳景，一船游人时不时举起相机手机拍照，都是一副陶醉的幸福模样。

　　留恋间，船已围着林子转了几道弯。小码头就在眼前，大家似乎都有些不舍，禁不住回头望，只见倒映着云杉林的河面，光影迷离，一船一船的游人在河道上静静沉醉。下了船，走上岸，我们沿着林间步道、木板小路向前，一边走，一边欣赏，偶然隐身二月兰花丛中去沉醉拍照，心情如安静的夕阳如静静绽放的二月兰，特别怡然。

　　有风起，抬头看看高高的云杉树，晃来晃去似乎要禁受不住似的，其实只是一种幻觉而已。高高的云杉树一棵挨着一棵，直指云天。而鸟儿在高高的树梢间飞来荡去，俨然找到了我们不能触及的安稳天堂。树下，有孔雀园，孔雀正在开屏，一堆游人在感叹赞美中为孔雀拍照，我们亦凑上去欣赏，孔雀正可劲地打开着华丽的衣裳从不同的角度向人们展示它的美衣，仿佛一个高贵的模特那样优雅，那蓝绿的镜片闪着高贵的亮光闪在眼前，我们也禁不住拿着相机拍了许多照片。

　　在另一个园区，树下的二月兰换成了波光粼粼的水田，木桥小路在水上纵横相连，云杉树变成了水杉树，一排排一行行，排列整齐。夕阳中，一切都显得特别安宁。

　　在这个阳光暖照安安静静的下午，我们时而行在林间，时而在船上陶醉，时而在二月兰花丛中拍照，时而在水上小桥间漫步，仿佛行走在一个诗情浓密的伊甸园，一心安然，闭上眼，又仿佛行走在一曲曼妙的轻音乐里，满心欢喜，满心惬意。

旅行、照片及感受

　　虽然现在人们的生活都比过去好了许多，旅游已经不再像过去那样不可实现，人们也都懂得所谓的旅游，只是从一个你熟悉了的地方到另一个你不熟悉的地方去，但是，旅游还是梦一样牵绕着我们的内心。过一段时间，我们还是渴望到远处去走一走。

　　在一个熟悉之极的地方待久了，心里会觉得生活有些凝滞，缺乏激情与活力。于是，就想放下一切到远处去走一走，看一看，虽然劳累，但是，内心却充满了渴望与快乐。

　　在路上，我们会暂时放下家里的一切，变得一无牵挂，仿佛新生一般，渴望生活有些新的内容。及至到了那个目标城市或者风景区，哪怕也不过如此，却也觉得值得。因为，一路上，你又重新认识了自己，结识了朋友，有了许多新的发现，新的感悟。身体虽然劳累，却也比安逸的日子里多了许多激情与豪气。这让平凡的你暂时变得不再平凡，你得振作精神，迎接随时出现在生活中的各种情况，脑子不再停滞，得不停地转动。即使一切都很顺利，可是，身边的风景区别家乡的一切，还是很有新意，你疲累却也快乐，你想多看看风景，在欣赏的过程中，你调动自己的一切感官，重新认识世界。发现生活真是挺美好的，不能昏沉错过！

　　暂时把家抛在脑后，仿佛把一件旧衣服存放在一个安全的地方，你暂时不用管它，你想重新去找新的一切，这一种状态让人感觉非常舒服。你在旅行车上，有人负责你的行程，那种不管不顾的率真让你轻松。

　　在路上，你从窗户看路边的风景飞速而过，仿佛一团一团油彩画在画布上滚过，又仿佛一幕幕电影场景在眼前掠过，你心思迷离，你无忧无虑，你可以想任何东西，也可以什么都不再思想。这状态让你超越平常生活的安逸，仿佛行驶在隆隆的梦想里。你感觉自己特别享受这一种状态。你要到哪里去，其实暂时你不用管。因为，有司机旅行社为你掌管。你只是，看着窗外或者闭上眼让自己在隆隆声里发呆，仿佛穿行在时光隧道里，仿佛要回到从前的哪个朝代。你什么都不用管，你享受这种暂时不负责的自由，在这种不管不顾的自由里，你暂时又像回到了童年，不用为一切负责，没有一点点生存的重担，仿佛穿行在一种美妙的梦境里，一切都那么让人感觉惬意。你喜欢在路上的这种感觉，隆隆的车声里，你惬意地让灵魂变成了一首美妙之极的诗和一朵飘忽在天际上自由的云。

　　在风景区，你惬意地行走，看看这儿，瞅瞅那儿，你收获了多少，没有人会让你回报。你有时候专注于一棵开着繁花的树，有时候，在一座古老的建筑里寻找，有时候，你想收获文化的滋养，有时候，你留恋在大自然的神奇与美妙里，有时候，一条河流会让你思绪悠悠，有时候，一座小桥也让你沉醉不已。你在一个美好的季节里，走进了一个你不熟悉的景区，每一处都让你觉得陶醉，都让你觉得如读一本新写的书，你在大自然的繁华与生机里走着陶醉着，你想留下许多。于是，走着走着，你就拿出自己的相机手机，让同伴为你留影。你总以为，你留了影就会收获许多，可是，在你留影的时候，你又会忽略了细节。及至回去，留在心里的一腔美好，你还是觉得太少。

　　你打开照片，会重新踏进那天那时的风景里，然后你会发现，咦，身后的某一处你竟然没有注意到，当时没有注意，但因为有照片，留在身后的影像里。又有了新的发现，你会一次次翻看来欣赏，欣赏那时的你，那时的心情，那时的风景。去过，不管真的有没有收获，都值了。你不后悔去旅游，想起来，你都很舒服，觉得好美！

　　这就是旅游。回家的时候，有点累，有人会说，也就那样。这是嘴上说的，内心里还是感觉，真好！出去走走，真是不错的！

海边的生活

　　海边的生活，总是叫人难忘。

　　今年去银滩海边的家，带了两个朋友，一个是从新疆回来探亲的兰，一个是兰的朋友丽。因了这两个朋友的加入，这次海边之行显得更加丰富有趣。

　　兰因为第一次来银滩，一切都觉得新奇，而丽呢，因为曾经在别处的海边生活过两年，对海里的物产相当熟悉，有着我们都未曾听说过的经验，总是让我们大开眼界。我们也因此有了不同以往的体验。

　　去白浪湾看海，大海一览无余地展现着它的辽阔与浪漫。我走在海边，足踩细沙，踏浪前行，走了很长很长的海岸线。直到累了，坐在沙滩上看海浪从南到北欢笑着追逐着与岸滩亲吻嬉戏。而丽却不这样，她和兰先是兴奋地拍照，然后关了相机、手机，专心地捡拾大海的馈赠，什么小扇贝，小螃蟹，小海螺，海胆都被她装进了塑料袋。回来的时候，我发现她还捡了两个透明的海蜇。其实我也不认识海蜇，丽兴奋地告诉我，那两个白色透明的东西叫海蜇，一个是她在沙滩上捡的，一个是海边的大哥从海里捞上来，看见她那样好奇送给她的。丽兴致勃勃地讲给我，海蜇可以做菜。她一回家来就开始收拾，只见她先把海蜇洗净，然后切得碎碎的，用炒好的花生米压碎放在上面，加上香菜和各种调料拌好。我看得入了迷，直感叹幸亏丽来了，让我长了不少见识。

在仙人桥，看海，拍照，兰兴奋得像个孩子，她扯开自己的玫红色丝巾，在海风中忘我地摆着造型，而丽却顾不上拍照，只顾着弯下腰身去礁石间寻找水里的小海螺，小螃蟹。呀，她仿佛收庄稼一样认真，千呼万唤都不扭头。拍完照，我坐在礁石上看海吹海风，她和兰一起走向更远处，只见她们找呀挖呀，挖得专心致志。晌午，都要回去了，她们俩还在礁石间忙碌不愿意回头，我等得都要困了，她们俩仍不转身。望着远处礁石间她们俩忙碌又专注的身影，我只好打电话催促，然而她们俩竟然置若罔闻。在海边，丽的收获最大。每次，我和兰拍照留影的时候，她总是非常务实地进行着捡拾海鲜的工作，一点都不管我们在做什么。

去海鲜市场买海鲜，丽也总是买一些好吃又便宜的，而我因为不知道如何吃从未买过，比如花蛤呀，海虹呀，还有牡蛎，我总是佩服丽，又省钱又美了口腹。丽说起什么都头头是道，让我自愧不如。我喜欢吃油辣的海鲜，丽总给我讲海鲜还是要吃原味的。甚至每一种海鲜如何做味道更鲜她都知道得清清楚楚，她一边说还一边给我示范，她的到来，让我大开眼界。我和兰都夸她勤劳，朴实，又能干，我从她身上真的看到了自己在海边生活能力的缺乏。

在海边，我们曾经两次去游泳。第一次去游泳，因为我们来之前刚刚下过大雨，天气一直阴着，水汽很大，在水中游了一个多小时，虽然风平浪静，游得很好，但是，因为海风太凉，我的嘴唇都冻成紫的了，丽和兰催着，我们才上了岸。第二次去游泳，是回来之前。天晴了，草绿树青，碧海蓝天，我们去游泳，大海正在涨潮，海浪很大，一层层海浪仿佛一堵堵小山墙翻腾着卷过来，我们兴奋地迎上去，跳起来，在海中尽情地冲浪，不知道多兴奋，多开心！可惜，后来，我的游泳圈漏气，我上岸去充气，竟把游泳圈充爆了，只好灰心地放弃海中冲浪。我在温热的沙滩上坐下来玩耍，把沙子捧到腿上，脚上，把自己围起来，仿佛回到童年一般，这种童真很快就弥漫了我的身心，让我忘记了烦恼。丽和兰也找过来，她们也像我一样用温热的沙子盖住自己的腿脚，躺在沙滩上。仰望蓝天白云，听着海涛声，我真的非常陶醉。静美的天空就在眼前，那么近，那么美！我情不自禁地对躺在身边的丽说：看，天空！丽看都未看，一本正经地说：我认识她！她的回答让我始料未及，如此幽默，我不由爆出一阵无遮无拦的大笑，笑得天空的白云都抖动起来似的。而兰呢，不知怎么回事，仍陶醉在自己的梦中，闭着双眼，仿佛很享受的样子，又似在做着甜甜的美梦！与刚看到大海时在海水中跳跃舞蹈的孩童样判若两人。

　　这次来银滩，我陪着兰和丽几乎看遍了银滩的美景，三观亭上吹海风，大拇指浴场游泳，东方文化园徒步探险，乳山市里买海鲜 。我们还抽出一天时间去了刘公岛，逛了韩国城，我们的足迹几乎遍布了银滩。每天出去赏景游玩，回家来，一起做菜吃海鲜，晚上，在小区广场音乐里舞动身姿。早上，躺在家里的大床上透过落地大玻璃窗和阳台的透明墙看远处的山，还有近在眼前的大海。

　　要回去的时候，在小区门口等大巴，海风习习，吹着兰的长裙和我的宽脚裤，我让兰给我拍了照 ，我也为她和丽留了影。小区门口就是绿色的高尔夫球场，草地青青如画，蓝天静悄悄铺展，金色的阳光与海风一起为我们送行。我不知道兰和丽是什么样的心情，我自己呢，每次来，都觉得生活在画中，我的心里总是美滋滋的。我喜欢这快乐的海边生活。

　　回来的前一天中午，兰和丽去大庆一区购物。我一个人在家，做好了饭菜，戴上太阳帽，披上防晒衣，全副武装，一个人又去了海边。退潮了，大片大片的沙滩露出来，仿佛鱼鳞似的，上面留下海水的印记。水纹似的沙滩，很合适走路，我踩上去，沙滩细软，被正午的阳光晒得热乎乎的，仿佛一种温疗，赤足走在沙滩上，特别舒服，我就那么来回走着。水纹似的沙滩上一小洼一小洼的海水被晒得热热的，踩进去，让人觉得仿佛泡温泉一般，而沙滩上面，沙子被阳光照着，泛着浅浅的银光，银滩的名字由来此时正好得到了最好的诠释。

　　走在银滩的沙滩上，我的每一个细胞都是舒服的，每一次来银滩，我都喜欢这样无拘无束光着脚在沙滩上走来走去。我喜欢大海的辽阔，喜欢沙滩的绵软，喜欢海风的舒爽，喜欢海鲜的美味，喜欢这里空气的纯净。在海边，我的心里总是有太多太多的喜欢。

难忘八里沟

国庆节第二天,我和朋友去新乡的八里沟游玩。

刚进入景区,我便被吸引住了,那高高的山,那深深的沟,好不一般,我禁不住掏出手机打开摄影模式,在车中拍起了窗外的风景,山与沟像一幅画卷慢慢向前铺展。

尤其是那山沟,好深。以前也看见过许多山谷,但是,在山脚,没有再向下延伸,如今眼前这山沟,却似有人在山脚下又向下挖了很深的样子。沟深,使得山更高,山峰与山沟都显得更加突出。一下子就有了很了不起的气势,让人在心中惊叹。这便是我还未进入景区便开始掏出相机摄影的缘由。

听司机说,这山沟上八里,下八里,很长。等进入景区之后,发现果然如此。

一进入景区,大家便兴奋起来。这儿拍照,那儿留影,总嫌自己拍照得不够。拍照时,每个人都是那么用心,仿佛要把自己最美的表情与山水印在一起。

八里沟真长。从中午进入山沟一直到下午四五点钟,我们都是在山沟中紧走慢赶，上上下下，拍照匆匆，留影也是被催促着。即便在山中走了一天，也还有许多景点没有走完。一线天，绝壁天梯，我们只是远远地望了一下，根本没有去攀登。因为时间不够用，那山的险陡也让人望而生畏。

八里沟真深。一天大部分的时间我们都在沟底行走，沟底的乱石真多，开始是比较小的乱石纵横在沟底。往里走，乱石越来越多，巨石也越来越多。从巨石横七竖八堆放的样子，我们便可以感受到山中洪水暴涨时的气势。抬头望天，感觉沟底像井底一般深，这儿一个瀑布，那儿一汪潭水，淙淙潺潺，碧水特别幽深。

沿沟底向里走，感觉走向地心深处，能想象到往日山中地壳运动时的宏大场景。

八里沟不似一般的山谷，它比一般的山谷要向下去更多。抬头望山，你会感到山的变化也非常多，山峰罗列相聚。这个山头更高过那个山头，山峰不是平齐的，而是这儿耸立一座，那儿又堆出一座，山峰各不相连，像比高低一般。

山体高大，山间岩石年代久远，风化得像一阵风来便会跌落，叫人心生畏惧。许多地方，可以看得出山间岩层已经被风中空，一层层非常清晰。

走在沟底，我常常仰望山，被山的气势折服，暗暗感叹。山间绿树杂陈，整个山谷郁郁葱葱，沟底流水哗哗。山、水、沟构成一幅奇美的画。走在画中，我常常会在抬头驻足间陶醉，这灵动的水，这高高的峰，这深深的沟，这绿绿的树，如此生动，如此诗意，怎不叫人留恋！

虽说沟底温度不高，但我们还是走得浑身发热，欢乐兴奋。

午饭时，在沟底巨石旁坐下，休息吃饭，头上绿树婆娑，身旁淙淙流水，碧绿透亮。不时有孩子跳入水中捉鱼，我们吃着从家里带来的美食，静静赏着山中美景，不觉心静如水，特别安恬！

为了看天河大瀑布，午餐后，我们一行人，上台阶下台阶，你追我赶，互相鼓励，一路向前，走了许久。看路标，问路人，终于走近。

啊，好高的瀑布！只见瀑布仿佛一挂水帘从天而降，不是在山间，而是在山与天相接的地方，两山的夹缝处，天水一般悄然飞下。

虽然不是太宽，但那高度，绝对罕见。说不清山有多高，瀑布就在那山的最高处，开始下落，在上面时如一大片一大片透明的冰片，向下，在空中变成一缕缕融化的棉絮，再向下，撒开如云烟一样轻柔，慢慢地，悠悠然地，从从容容地，优优雅雅地在山间飘啊飘，有时还翻卷着，落下来。

水花溅在山下的岩层上，竟然形成了众多的瀑布。水花四溅，浇在山下的水帘洞上，形成了一个独特的弧形瀑布群，水声阵阵，哗哗流泻，在下面形成一个深深的大水潭，水碧潭清。游人如织，在水潭四周拍照，留恋。我们也驻足欣赏了很长时间。

走近看，最有意思。你会觉得大自然真是神奇。在这深山大沟的尽头，竟然有如此一景，瀑布袅袅娜娜水潭幽绿，如此有意趣。

尤其是进入水帘洞，看着姿态万千的石钟乳，望着洞外水帘似的小瀑布哗啦啦落下，你会觉得自己仿佛一个贪玩的孩童在探险一般，心中陡然生出许多莫名的情绪，变得无边喜悦与轻松。

出了山洞，你会回头望着水潭感叹：这个地方，真是太有意思了！真叫人耳目一新，终生难忘！

拍了无数照片，录了许多影像，要回去时，仍然一步三回头，要把这美景刻在心中。

也不知玩了多久，导游打电话来催促，一行人才加紧步伐，沿大路回去。

一路小跑。偶尔抬头，觉得山真高，峰峦叠翠，相拥相携，似亲密爱人。向下看，沟壑深深，杂树与乱石碧水相伴，自然天成，叫人感叹。

及至坐上车时，还想回头望，看到山沟中洪水冲击山石留下的痕迹，觉得真像是地心里流出了这一沟的欢乐！

好难忘的八里沟，青山碧水一幅灵秀的画！

云天雾地走神农

11月15日,我和邻居跟随户外的朋友们一起去沁阳的神农山爬山。

出发前,天下起了小雨。大巴车一路在小雨中行进。近九点时才到达山区。

还好,抵达不久,雨停了。天虽然阴着,但是,总算不用打着伞爬山了。

我们从后山上山,这样,一下车,山就突兀地涌现在眼前。雾气特别大,一座座山峰高耸在云雾里。我们沿着山间的水泥路向上行进。不时抬头欣赏一下周围的山峰。大山就像一位羞怯的少女用雾气作纱遮掩着自己的真实容颜,给我们一种朦胧的神秘感。

不久,我们就远离大道,沿着后山石级小径开始爬山。

初冬,山中的杂树有的落光了树叶。有的虽未落尽,但是,树叶也失了夏日的翠绿,浸透了秋日的金黄,有了许多沧桑。我和同伴兴奋地向上走着,时不时留下一个倩影,欢乐不已。

山路越来越陡。有的地方没有了石级,只是一堆一堆看不见路的山石。我们小心翼翼地攀着石头的棱角向上移动。有人时不时提醒大家注意安全。有的地方，竟然成了直陡陡的绝壁。要踩着嵌进山石中的铁环向上爬。大家直呼好险！我一边小心地拉着上面的铁环，一边踩着下面的铁环，一步一步，用力向上。

这样的路，若在平时，我一定望而生畏，不愿冒险。可此时，只能进不能退。也只有全力以赴了。

还好，一步步险境都被我们走过去了。回头看时，觉得仿佛在登天梯一般。那样陡的山间悬崖，还有杂树阻拦，直上直下，我都不敢相信自己曾经走过。

也不知上了多高，走了多远，累了稍一喘息，便再次紧追向前。十一点左右，我们来到了神农山大峡谷的上方。这时，天上出现了一轮小月亮似的太阳。虽然朦胧，不够敞亮，但山中已比来时晴了许多，亮了许多。那层浓浓的雾气也淡了许多。

真好啊！在大峡谷的上方，我们看到了云海。

峡谷中，云雾蒸腾，弥漫回旋，仿佛仙景一般。两只大鸟在云雾上飞翔。让我们感到自己所处的位置已近山顶。

目睹了仙境一般的云海，我们非常满足。我和许多人一样，兴奋地拍照，摄影，深深沉醉。

离开大峡谷，走了一段比较平缓的山路。简单休息，吃了午饭。然后我们走上一条游人禁行的小路，来到地形奇特的龙子门。稍作休息，之后去往龙脊长城。

已经走上了旅行通道。沿着石级向上，虽然便利，但是，体力消耗了许多，行进的速度并不快。白皮松渐渐出现在视线里，我们来到了白松岭。

不知道向上走了多少石级，这次，我们是真的来到了山顶。太阳又不见了踪影，雾更大了。漫天大雾，笼罩了整个山顶，看不清山下的景物，只见云海蒸腾，我们仿佛走在山脊。中间最高处一条石级小道，弯弯曲曲，高高低低地在迷雾中若隐若现。石级两旁全是弥天大雾。

大雾在我们的眼前流转，在龙脊长城的两边弥漫。向下望，只觉得山壁直上直下，真陡！而石级窄窄的，就在山脊上，真险！山顶仿佛与天已经很近，感觉真高！白皮松在漫天大雾的山顶默默舒展身姿，适应了山顶雨雾，笑看着人间风情，真美！

在山顶上，我和朋友兴奋地拍照，欢欣不已。虽然看不清山下和远处的风景，没有一览众山小的豪情，但是，这漫天大雾丝丝缕缕在眼前铺展流转，把神农山打扮得如仙如幻，有着晴日里无法想象的诗意与浪漫。尤其是龙脊长城在雾中若隐若现，蜿蜒起伏。我们踩着石级上上下下，一如走在仙境一般。

下山的时候，天已经晴了。但山中仍有薄雾缭绕。四千多个台阶，一步步走下去。用了很长时间。

一边走，我们一边回望山中风景，体会大山风情。斑斑驳驳的山体，歪歪扭扭的杂树，各种颜色的秋叶，把大山中装扮得别具风姿。

也许是天气的原因，山中游人不多。空寂的大山，一如睿智的高人，静静地屹立在天空下，任我们洒下快乐的汗水，带走抹不掉的记忆。

将近山下，有小猴出现，又增一丝喜悦。沿着山间石级，我们走出大山，挥别广场上捧着稻穗的神农雕塑，走出空阔的山门，与朋友汇合，坐上大巴，回家。

云天雾地走神农，虽然没有看清神农山的真实面目。但是，心中留下了一个仙境般的神农山，让人久久难忘。

天地之间那座山

乘坐户外大巴去爬山。一路上，太阳初升，田地间，云蒸霞蔚。绿了的柳树，缀满花朵的红叶梨，在升腾的云雾间一次次闪现，仿佛彩色的河流一般。这样的天气出游，真是一次美好的享受。

八点多，到达目的地。从三皇寨的后山上山。一行人穿过林间土路，越过沟底乱石，依山坡而上，向景区出发。虽是阳春三月，但林间杂树的叶子还未完全长出来，许多树，含苞待放。偶尔一些绽开的花树点缀其间，大山，仿佛还未完全从冬的沉默中醒来。后山风大，一群"驴友"依山间小道奋力而上。初来的兴奋洋溢在脸上。遇到险陡之处，大家互相提醒互相鼓励。到达三皇寨景区已经近十点。领队简单介绍了景点情况，让大家自由登山。

沿着景区步道，大家兴奋向前去。

好巍峨的三皇寨！才进入景区不久，大家就被景区的山势吸引住了。虽然，也登过不少高山，但这里的山体仍然叫我感叹。只见大山的岩层竖向排列，从山顶直放到山底下，气势宏伟，叫人叹服。能够感受到地壳运动的威力，横向排列的岩层居然被直直推起，竖在天地间，那么有气势，仿佛顶天柱石一般。我们漫步在山腰间的空中栈道上，时而兴奋拍照，时而暗暗感叹天地大山之神奇，欢喜之间，心中涌上浩然之气。依台阶上上下下，浏览山中美景。偶尔回顾走过的山路，不由惊叹来路之险。偶尔向下望，不由感叹沟底深不可测，偶尔抬头，觉得天宇从没有如此清明浩大。再看身后的大山，仿佛看透人间的高人一般，巍巍然而坐，给人无限的温暖。大山，似乎是天地之间，一种最可靠的信赖。

我和老公似两个好奇的小孩子，你追我赶，依台阶而上，时而拍照，时而休息，时而默默欣赏大山的宁静壮美，时而发出由衷的赞叹。正午时分，我们也来到了山顶，拍照、进餐，照着暖暖的太阳，顶着诗意的天空，体会着"会当凌绝顶，一览众山小"的豪迈。

在山中，总是感觉特别幸福。也许是大山的安然感动了我，也许是大山的壮美温暖了我。每次在山中，我都特别不舍，天地间，山，树，水，诗一样灵动摆设，自然天成壮美的画卷。我行在其间，如踩着诗意浓密的古画长卷。

每次上山，都是一步步走着向大山发出喜悦问候。

每次下山，都是一步步走着，向大山深情款款告别。

依来路返回时，再次频频抬头欣赏大山的魁伟，一如新来之时，看不够的壮美，发不尽的真心称赞。一次次在心中挥手作别，一次次忍不住再回首，想要记住大山特别的模样。

依依不舍中走出三皇寨，挪步下山走向少林寺。乱石间，一道山泉淙淙有声欢喜相伴。不少游人在乱石间山泉旁坐下休息，或洗手或闭目享受山泉给心灵的滋润。我亦走近去，洗了手，感受山泉的清澈与凉爽，欢喜间体味大山的别样柔情。

下午两点多，依台阶而下，一步步来在少林寺门前。游人如织，下山的疲累让我真想坐下来休息。老公随驴友们入少林寺游览，我在外面的长凳上休息。大山的壮美温暖了我的心怀，走出大山，我困得只想打盹儿。老公从少林寺出来的时候，我才清醒起来。

大山中间的少林寺门前，其实是一片开阔的平地，绿树成荫，青草遍地。我们一行人，看过塔林，边走边欣赏武术表演，感受少林武术的魅力。原来，巍巍大山间，有这么多武校学生在不知疲倦地进行武术操练。欣赏着走出景区，我们来在停车场前。

　　五点半，驴友陆续返回，上车，出发，回家。

　　暮色四合，华灯初放，一天的时间就这样在欢乐劳累中悄然走过。忘不掉的是那座山，直直竖起的山体，仿佛顶天石柱，巍然屹立在天地间的气势。而我们就在那样巍然的大山中，踏着半山腰的几千米空中栈道，欢喜着走了半日的时光。天地之间那座山，清晰地印在记忆中，它的名字就叫中岳嵩山。

跋山涉水君相伴

又是一个雨雾积满空气的阴天。

我们去太行山深处的黄龙洞溯溪探源。九点左右到达太行山深处。车停，两个大巴车一个商务车上 81 位驴友，在领队的简单吩咐后，便开始急速上山。

巍巍大山仿佛一位胸怀博大的母亲，欢喜地迎接着这些心情急迫的来客。

我和几个伙伴还有老公一起上山。

户外出游，走的总是后山，没有道路，沿着山间石堆或者林间缝隙，大家欢喜着向前。

未走多久，天就下起了毛毛细雨。不过，这对于出行的人丝毫没有影响。我们的脚步匆匆向前，没有一个人叫苦。跟着户外出行，主要目的是赏景更是锻炼。跨过大小石块，穿过密林草丛，急行军一般，一大队人马来到女儿峰前。山上有水分散四溢，小心踩着泥水上到更高的山体。向下望，人已在半山腰，山底已经遥不可及。向上走，不一会儿，就来到"女儿梯"。这是一段比较宽阔但又松散仿佛多年失修的台阶。沿着台阶上去，转弯，我们走向更高的山峰。

从后山上山，没有大路，羊肠小道都算不上，当地老百姓放羊留下的路，没有明显的痕迹，偶尔宽阔处可以看到山羊留下的便便。我们的队伍非常长，从高处向后望，队友们彩色的衣服在荆棘中蜿蜒点缀，感觉不是在路上，而是在林间草丛里披荆斩棘。

每次爬山都嫌累，但隔一段时间还想去爬山，呼吸一下大山的新鲜空气。每次去景区游玩，也就是去山里走了一圈而已。披荆斩棘的快乐，原始山林的壮美，不知名的各种野草野花带来的那种新奇体验，挑战自我的那种决心，全身心地付出与收获，都要在跟着户外爬山时才能体会到。所以我们总是忘记上一次爬山的辛苦，重新启程。

如果单独几个人爬山，会少了许多热闹的气氛。像我们这样，一大队人马，你追我赶，遇到危险时，你拉我我帮你的温暖与热闹让大家都明白，爬山还是人多好。

当走过了一段路，看到后面还有许多队友在奋力走我们走过的路，在大山半腰，在密林丛中，在青绿之间移动，整个人会陡然信心倍增。巍巍大山的坚毅，青绿树丛的柔情，都让我们心头开朗，豪情万丈。我们在山中，山在我们心中。那种快乐，滋生在心坎上，化成一脸灿然的笑容。

当队伍拉开，有了喘息的机会，选些美景，拍几张照片，留下点回忆，是此行的又一收获。

太行山的山体特别高大，有时候满山青翠，有时候直陡陡悬崖绝壁，寸草全无。雾气在山头笼罩，使得大山仿佛仙景一般。有时候，向身后望，没有来路，只见队友行在青草绿树中。也不知走了多远，十一点时分，我们来在了山上一个比较宽阔的地方。领队让大家休息进餐，还可以去参观附近的村子，了解一下村里的民情。

简单休息进餐后，我们开始真正的黄龙洞探秘。水已经出现在小村子的附近，清澈透亮，我们沿着溪水向上溯源。路上，这儿一个瀑布，那儿一个水潭，自然天成，水声哗哗，使得大山特别灵动。山上林木多，青青葱葱，特别秀美。

沿着山中乱石，溯源而上，特别有趣。有时候，无路可走，只得沿着旁边的山林向上。林中落叶无数，山体险陡处，向上去很是费劲。小雨虽然停下了，但是，树叶与泥土滑溜溜，脚踩上去又滑下来，仿佛滑梯一样，费了许多周折。

山体陡直。许多时候，得攀着树根树枝才能上去。老公时不时回头拉我一把，有的地方实在太陡，我们两个几乎手不相离，仿佛小孩子在玩游戏一般。山路虽然危险，但两手相牵，老公对我的关心，让我的心中无限温暖。

更有一处，实在又陡又滑，老公与我不在一处，一个年轻母亲和她上初一的女儿极力帮助，才把我拉上去，也让我的心中涌出温暖。一路上，还有两个年轻男孩子，与我们一道，他们时常提醒我慢点，让我感觉特别温暖。

溪水从山顶洞中流出，或分散成细流，或聚成小瀑布，一路水声淙淙，仿佛山间的风铃。沿着溪水，我们几个先期到达山顶。原来这里的水都是从山顶上的一个大洞中流出来的，先是瀑布一般，然后分散成无数细流沿山体向下四溢，最后才在乱石间这儿一个瀑布，那儿一个水潭，淙淙汩汩，哗哗喧响，在山间自成风景，流下山去。

我在洞旁休息，我的一些同伴好奇地上到洞内探看。我也忍不住去探源。只见山洞内黑魆魆的，有人用木棍伸进水中，也不过尺把深。但是，水清澈透亮，直往外淌。领队与电视台记者也先后到达，采访，游玩，大家纷纷去探看洞穴。一时间，山洞旁的人挤挤挨挨。许多人一路走来采摘韭菜，收获颇丰。我的老公也在此列。领队说，洞旁的山上韭菜更多。于是，人们散开继续采摘。老公也在山上仔细寻找，非常投入。我发现老公收获不小，就拿出手机，不停地拍照，为他留下了影像。

下山的时候，沿着水道下去，双足在水中择路跳跃。山陡路滑，我和老公手指相环，小心翼翼。哎，今天，我们真正体验了跋山涉水的滋味。

　　静心想想，如果一个人，真的不敢面对这样的险境。幸好，这么多朋友在身旁，老公在身旁。美景难忘，真情亦难得。跋山涉水君相伴，幸福满满溢心间。回首来时路，早已不见路，但见大山巍巍，满山林木青青，安然秀美。

　　自在安然的大山，处处都是风景。我深深呼吸一口空气，觉得满心欢畅。

　　又是一路辛苦，三点多下得山来，领队说车还在远处，要步行一段路。于是，一行人，散散淡淡游于大山下，再次体会大山的壮美。尽管劳累，但是，心里还是快乐兴奋。

欢乐北京行

麦子熟的时候,有几天空闲,我和老公随团再次来到了北京。读研的女儿在北京实习。我们便多了一份与女儿相见的欢喜。

依然是先来到天安门广场,依然是说不尽的兴奋。在天安门广场,我们见到了青春的女儿。心中涌出了无边的喜悦。在天安门前我们欢乐拍照留念。然后随导游过金水桥,天安门,来到了故宫。女儿陪我们在故宫游玩了一会儿,和我们分别。我们跟着导游,一边走,一边看,一边听着讲解。

果然是皇宫,到处都是皇家气派,红墙金瓦,说不尽往日的辉煌。然而,青砖在地,被风蚀得凹凸不平。仿佛告诉我们,一切都已成过去。跟着导游,听她讲说着昔日皇家的辉煌与故事。游人如织,不同肤色的老外随处可见。

天气也越来越热。在后花园,有了古木时,才觉得凉爽了一些。

最舒服的是下午游颐和园。导游带了一帮人坐船从水路游园。而我,因为前两次来没有到长廊看看,这次非常想去走走。就与老公从北宫门进去,上十七孔桥,然后,折回来,坐船,到石船下来,来到了长廊。

沿着长廊，我们向前走，一边欣赏长廊里的人物故事，花鸟虫鱼，从那丰富的色彩中体验美的涌动，惊叹着古人的精湛技艺，一边感受着从昆明湖上刮来的习习凉风，想象着往日帝王后宫佳丽们在长廊散步游玩的情景。一边是青青的万寿山，一边是波光潋滟的昆明湖。天上地下，都是说不尽的美。真是一个好地方！悄悄走着，心里却诗意无限，美滋滋地欢乐。想此时的自己，能走在昔日皇家的生活中，真是有点窃以为美呢！

在长廊，我和老公一边走，一边拍照，一边欣赏，一边沉醉。累了，也坐在长廊边上休息一下，心中一如昆明湖上刮来的凉风，悄悄然带着许多清爽与欢乐。

从长廊下来，因为时间有限，没有上到万寿山的最上面，就下了山。沿着湖滨向北宫门走，一路欣赏湖上景色，心中无边滋润。波光粼粼的昆明湖，隐隐约约的层层远山，欢乐自在的游人，还有快乐惬意的我们。走累了，在湖边的长椅上休息一会儿，眼前金光闪闪，身边凉风习习，远山如黛，天地如画，真如在画中一般，沉醉不愿归去。

从颐和园出来，大巴车拉着我们驶向奥林匹克公园。在水立方和鸟巢，我们禁不住兴奋，拍照，走近，坐下来品鉴。仿佛在欣赏艺术品一般，感叹着鸟巢与水立方设计的精巧，建造的宏伟。

难忘的是第二天下午在居庸关登长城。导游买过门票之后，我和老公，一马当先，开始了做好汉之旅。因不是旺季，所以长城上人并不多。我们两个你追我赶，踏着一级级台阶，向上。渐渐抛下队友，过了一个又一个垛口，来到了长城之上。

向下望，直陡陡的台阶，仿佛没有走过，而是飞上来一般。长城下的房子已经如小孩子的玩具。而周围的青青大山，已经如画铺展在我们周围。

老公怀疑地自语，这样的长城就能抵御敌人的侵犯？我说，在古代，这就是一道屏障，想越过来也不容易。崇山峻岭间，这是一道不可跨越的底线。苍黑的古砖墙，仿佛古人坚实的决心。如今，不到长城非好汉，成了我们超越自己的一点温暖。在一个个台阶上流下汗水，在一次次迈步时留下沉思，在垛口，在城墙边，我们豪情，我们留影，留下做好汉的纪念。

　　此次北京行，一如往日，回来很久，我们的心还是欢乐奔腾。时间虽短，但是，内容精彩。天安门，故宫，颐和园，鸟巢，水立方，长城，哪一个都是中国的经典。手机里，相机里，所有的照片，也都成了我们日后人生里回望时的精彩与记忆。一如昆明湖的闪闪波光，一如长廊里那习习的凉风，在心坎上，我们又有了一份诗意，有了一份舒爽，有了一份温暖的回望。

宝珠一般的山里泉

端午节，第一天在家休息，第三天准备回老家伺候母亲，这第二天的时间就想出去走走。

就这样随着户外团来到了山西晋城的山里泉。才进景区，便被纱帽山的优美山形吸引。在巍巍众山环抱中，一座形似古人的官帽样的山峰被一河绿水环抱，饶有趣味地在水中屹立，而一挂长长的吊桥跨过一河碧水，从入口处直达纱帽山的中央台阶。这台阶不偏不倚，正在纱帽山的中线上，直陡陡像天路一般通向山顶，把绿树装点的纱帽山一分为二。

我们沿着吊桥向里走，一行人，摇摇晃晃，在吊桥上悠然向前。也见过许多吊桥，这是较长的一个。人在桥上，却把目光望向对面的纱帽山，偶尔也望望足下的碧水，河水好像并不太深，河底的绿草依稀可见。有船从入口处载着行人绕纱帽山而去，感觉非常惬意！

我们一边体会吊桥的悠然之乐，一边扶着旁边的绳索向前慢行，纱帽山被群山碧水环抱，如一个官帽居中而立，很有意趣，同行的人都感叹说此山真别致，山形好特别。

体会过吊桥的悠然之乐，我们来到纱帽山的山脚下。向上望，台阶真多，直直地从山根通向山顶，把大山一分为二。一边感叹，一边开始登山，走不了几级，就得停下来休息。初夏，艳阳高照，汗如雨滴，好在走着走着，树枝伸到台阶上来，挡去不少酷热。走一段路，旁边会有两个休息台，有石凳供游人休息，一边休息，一边观对面大山的巍峨秀美。而身边的纱帽山，杂树众多，浓荫遍地，不时有山鸟啼鸣，山风阵阵，还挺享受。

歇一阵走一阵，登上纱帽山，登山强度还真不小。累了，有时候，就坐在旁边的台阶上休息。遥望对面山峰环绕，特别有气势。这是太行山系，所以，太行山的巍然大气完全呈现在眼前。山峰高挺，壁立千仞，环环相拥，山体写满流年沧桑，山顶绿树点缀，使得大山苍黑中有了无限生机。

也不知道纱帽山有多高，只知道，中心台阶直陡陡向上，走一段路必须休息，补充体力。走走歇歇，休息了无数次，好不容易才踏上了山顶，来到拜官亭。这里游人不少，坐在小亭子里休息，回望对面山峰，一重一重的山峰真像古代的朝臣在对着皇上朝拜。直陡陡的大山环着高高的纱帽山远远朝拜，真有气势！简单休息，我们开始走向后山，在一个悬崖陡壁处，看到一个白色塑像，在莽莽大山中无竿垂钓，原来是姜子牙。深山绝壁，沟壑深深，他又能垂钓来什么呢？

后山不再有砌好的台阶。密林遍地。我们穿行在林间小道，有绿叶庇护，凉快了不少。山体也不像上山时那么陡峭。我们好像在山脊上行走。渐渐，小路向下去，感觉在下山。因为身在山中，树林密布，看不清周围风景，能感到杂树丛向下是绝壁。绝壁下面，是深谷河流。纱帽山一直被山脚下的河与对面的山环绕。

炎热夏季，行走在纱帽山的浓荫密林里，虽然也有汗水流淌，山鸟啼鸣，偶尔山风阵阵，感觉还挺惬意。

上山的路有点陡峭。下山去却缓了许多。在浓荫绿林里走啊走啊，好像走了很久很久。一步步下去，我们的腿脚都有点软了，才走下山去。

来到一片开阔的水域，休息片刻，按照指示牌，我们沿着山边小径，去往猕猴表演区。

呀，这里真开阔！高高的大山直立在河对面，河水清澈。河边，草地青葱，小猴子随处可见。游人看猴子抢食，进食，不时发出笑声。我和同伴在水边草地上休息，拍照，享受山中的清闲，心里仿佛山水一样安静从容起来。

真是一个好去处！同伴特别喜欢河边的青草地。我呢，喜欢在水边看大山安稳，绿水静流。

要回去了，真有点不舍。

折回刚才经过的开阔处去乘船，行人不少。排了一晌队，才上了一个冲锋舟。乘坐小舟绕纱帽山而行，绿山后移，碧水激荡。小船呼啸向前，一船人兴奋不已。喜悦间，船已来到入口处。依次下船上岸。回望纱帽山，我们这一日其实是走吊桥上去，从后山下来，赏了山水猕猴，然后坐船绕山而回。

山里泉景区不大，但是，很有意趣。仿佛一颗藏在深山里的宝珠，山里泉给我留下了深深的记忆。也让我明白，一个人即使去过了许多山，没有到达的每一座山也都值得去探访。就像人与人不同一样，山与山各有自己的特色。

西行漫记之来到了青海湖

　　放暑假了，想出去旅游，看看祖国的大好河山。去哪呢？户外团有去甘南九寨的路线，就和朋友报了团，开始了九天八晚的出行。

　　第一天中午十二点多上车出发，经陕西西安、咸阳、宝鸡，晚上住宿在甘肃会宁。第二天早上五点从会宁出发，经兰州、西宁，下午到达青藏高原上的青海湖。

　　由于路途遥远，从上车开始产生的新鲜感已经渐渐混沌，正在迷迷糊糊的时候，车上有人叫起来，青海湖到了！

　　抬头向外望，一大片一大片金黄的油菜花出现在视线里，由于一路上天一直在下雨，天空浓云密布，现在虽然雨已停下，但天空仍是浓云奔突。天宇空旷，远山也显得低矮，也许缺氧，高原上的草场似有若无，却也无边无际，铺展在山脚下。藏包一座座出现在眼前，公路在高原上无遮无掩，仿佛直通天宇。在一片牧场前，有人在骑着牦牛。马匹、越野车也越来越多，而路的另一边，一条清亮的浅蓝色水带远远地出现在视线里，有人叫，瞧，那就是青海湖！只见灰色的天空下，稀疏的草场间，一条透亮的水带出现在眼前。车子终于停下，我们都下了车，领队交代，海拔已经很高，高原空气稀薄，千万不要急走！

啊，千里迢迢，我们终于站在了青藏高原的土地上，青海湖就在不远的路那边草场下。

一车人兴奋地东瞅瞅西望望，然后呼朋唤友向着天边那透亮的水带走去。

也许缺氧，或者土地不够肥沃，高原草场稀稀落落。地面上，很多地方有土地裸露出来，或者铺着一层薄薄的青草，狼毒花倒是长得挺精神，正开着圆球样的玫紫色小花，一丛丛点缀在无边无际的草场上。也有一些无名的小黄花小白花散在绿草中，远远看去，还挺美！

一边拍照，一边走向天边那闪亮的蓝色水带。偶尔回头，灰色的天空下，远山低矮如一头卧在广大天宇下草场旁休息的骆驼，而山下，大片的油菜花金灿灿铺展在草场间。有牧人过来让我们骑马去湖边，有人欣然骑了上去，我和同伴想活动一下腿脚，就步行走向青海湖。

天宇空阔，草场无边，雨已经停下，但云朵还在东奔西突。近了，近了，我们一步步走过湖边湿地，来在湖边，一片透亮的浅蓝色水域完全出现在眼前，无边无际，与天相连。

好清亮的水！天空作美，雨早已停下，云也适时散开，天空露出清亮的浅蓝，湖水变得更加清亮，色彩润泽，仿佛一块透亮之极的玉遗落在高原上。是谁说的，青海湖是天使滴落人间的眼泪！清亮之极的水在广大的天宇下一波一波涌向沙滩。极目远望，无边无际，仿佛大海一般，叫人觉得心旷神怡！几个年轻的女孩子在水中嬉戏，不顾天气的寒凉，好不尽兴！我和朋友呆呆地望着湖水，看水天相融，远处云聚云散。

真美啊！朋友禁不住地赞叹，我也相应着，掏出相机拍照。湖边草场上停着一些越野车，有人在支帐篷。远处山色较暗灰云密布，但眼前草青水蓝，天空下，一切显得这么空旷安然！大美青海湖在这高原上与天相接，让人禁不住生出许多豪情。有人在草场上策马奔腾，有人在水边骑着白色的牦牛拍照，有人在草丛间留恋，有人在水边啧啧称赞。天空适时地露出了笑脸，那一抹浅蓝，映得湖水更加清澈。然而仿佛天机不可泄露，片刻的工夫便又浓云奔突相聚，遮住了蓝天。

草场太大，回去的时候，我走着走着竟然感觉腿脚沉重，正好一个牧民骑马过来相邀，我就骑了上去，骑着一匹高原大白马走在草场，感觉真是豪气！我兴奋地把相机递给牧民，让她给我拍了几张照片。正得意时，天又下起了小雨，用披肩遮雨，我赶紧下马上车去。

回头望望清亮亮的湖水，看看身边黄灿灿的油菜花和一望无际似有还无的草场，低矮的远山，灰色的浓云正在天空中奔突聚散，觉得高原那么空旷又那么美好！

我从草原走过

从青海湖回去,晚上我们住宿在西宁。也许在青海湖边受了寒凉,也许是有了高原反应,下车时,我竟然呕吐起来,好不难受!

吃了药,休息了一夜,早上起来轻松了许多。大巴车重新出发,经同仁驶向朗木寺。中午在同仁的瓜什则小镇吃了一碗羊肉汤,那滋味真是鲜美,好久我都忘不了那味道!下午去游了拉卜楞寺,晚上则住在郎木寺小镇。也许是海拔较高,夜里我头疼不止,吃了感冒药才好些。

黎明,许多车友早起去看天葬,我因为觉得不忍所以没去,和朋友在朗木寺镇的宾馆休息。天一直在下着雨,这一路走来,好像走到哪儿,雨水都一直跟着,成了形影不离的影子。

从西宁出发驶向同仁,一路上,看到高山河流,也看到山中的田地在七月份还长着春季的作物,一畦畦青稞还在成长,不到成熟的季节,而大片大片的油菜花不时出现在视线里,山里平地稀少,经常看到油菜花一畦畦如梯田状分布在青青的山间。车子飞驰,青色的作物与金黄的油菜花如一幅旋转着的彩色画卷一掠而过,常常引得车上伙伴称赞。过了同仁不久,我们就进入了甘南的大草原。

七月的甘南草原，到处翠色欲流。坐在车上，如行在绿色的画卷中。青青的草坡，线条柔美，在画卷中绵延。灰色的云白色的云在山头飞散变幻，无数的牛羊在草原上安静地吃着青草，各种各样的藏包像草原明珠点缀在大草原上。无边无际的草原在我们的视线里延展。我们的眼睛一刻不停地在草原上留恋。啊，甘南的草原真美！

　　出行的第四天中午，我们来到了花湖，这是热尔大草原上的一个海子。一路上，我们坐在车中，草原如画卷相随。现在呢，我们是真的站在了大草原上。天还下着小雨，草原上的风吹得挺冷，手中的雨伞时不时要被风刮飞。

　　没多久，雨就停了。大地上湿漉漉的。我没有走进花湖，在花湖边的大草原边上走了走，看到了让我极其震撼的画面。

　　雨停了，可是，天上的云在远处的山头，形成不一般的气势。地上的大草原仿佛绿色的画布，一直延伸到遥远的天边。而那些饱含水汽的云朵，在天空铺排聚散，时而紧密相聚，时而飞散飘动，水墨画一般在天空上在山头间变换。我走着看着，感叹着，被草原的广大，天宇中云的变幻深深震撼。沿着草原之路，我一个人手持相机，一边走，一边赞叹草原的广大美好，大自然变幻多姿的神奇！

　　本来我是要去花湖的，但是，天阴着，许多人都说，花湖应该天晴时去看，天光水色相映才有景致。在我拍照犹豫的时候，一些人已经不见了影子。而剩下的人又不愿意去，我一个人没有伙伴，只好望湖兴叹。花湖在草原深处，得买票乘坐景区公交车才能进去。罢了，我就好好欣赏一下身边的大草原吧。伙伴在标志牌前拍照，我一个人离了人群，去看草原。

　　雨后的草原格外翠绿，路边的草叶上挂着晶亮的水珠，仿佛一些透亮的钻石。无名的小花被雨水冲洗，开得格外美丽，黄的，白的，紫的在草丛中像暗夜中的星星一样闪亮。我沿着草原中唯一的一条公路走啊走啊，想一直走到天边去。

在草原上，视线特别宽广，各种形状的云恣意聚合，让人感觉仿佛来到了空旷的天宇。冷风刮得我瑟瑟发抖，我一边痴痴欣赏草原美景，一边告诉自己，折回去吧，草原无边无际，远离人群实在是孤单无助。

天渐渐放晴。放眼望去，花湖在草原的一隅闪着亮光仿佛仙女掉在草原上的明镜。没有进去有些遗憾，因为领队约定的时间即将来到，我们在草原旁的藏包里吃了饭，然后在附近的牧场走了走，许多游人在草场上骑马，许多藏包就在草原上，远远看，仿佛一个个镶嵌在草原上的白色明珠！

若尔盖大草原也叫热尔大草原，草儿青青，无边无际。草原中的花湖远远地闪着亮光。天底下，那边远山云缠雾绕，这边草原与天相接。站在草原上，只觉得天地像一幅画，浑然大气，空旷无边，叫人陶醉！

九曲黄河第一湾

从花湖出发，一路欣赏草原的美好，傍晚时分，我们来到了九曲黄河第一湾的唐克，晚上住宿在唐克小镇的九曲客栈。

这是一个非常安静的小镇，充满着藏族风情，随处可见脸颊被晒得黑红的藏民，街上的小店到处都有着藏族的印记，我们在这里住宿了一晚。早饭后，按约定，准时出发，去看九曲黄河第一湾。

天又下起了蒙蒙细雨。

买票之后，我们便踏上了草原中的木栈道。

景区有两条木栈道，一条曲曲折折通向草原中的高坡，可以居高临下欣赏九曲黄河的大气与壮美。一条比较平缓，直接通向花海中的黄河，可以近距离欣赏黄河的幽微细致。

依然是高海拔地区，走路不能太急。天又下着细雨，我们先去登高欣赏黄河九曲第一湾的壮美。

沿着草原中的木栈道，我们一步步向上走，木栈道依据草坡的地势曲曲折折地在绿色的大草原中蜿蜒向上，不时有个可以休息的平台，供游人放眼欣赏第一湾的美景。但要想看到九曲黄河第一湾的全景，必须登上很高的位置。因为海拔高，走急了会有高原反应，我们一行人，走走歇歇，拍照留影，再向上去。

黄河就在下面不远的草原上，在这里，黄河拐了个大弯，之后曲曲折折像一段绕行的肠子在绿色的草原上绕来绕去，依依不舍一般流向远方。这情景，越向上去，看得越清楚。所以，尽管天下着冷雨，尽管木栈道湿漉漉的，尽管海拔较高很耗费我们的体力，我们还是一级一级向上走去。而身边，雨中的草原更加青葱，各种小花分外鲜艳美丽。

也许是海拔较高，也许是木栈道较陡，有时候，紧走几步便会喘气，必须停下来休息。休息时看着那弯弯绕绕的黄河在远方的草原中迂回远去，就觉得这情景特别美好有气势！从青海湖回来，一路上，我们与黄河之源同行，有时候，那源头的河水浑黄不堪，有时候也有偶然一段，河水青绿美好，让人感叹。现在，黄河之水仿佛从天边而来，然后在大草原的怀抱平缓安静下来，柔媚百转，逶迤不舍，却又缥缈而去，就觉得江河的大美，可意会而言说不尽。

一步步向上去，一步步都是惊喜。总会发现更好的角度，总想找最好的背景来拍下九曲黄河第一湾的全景，留下最好的印象。一直到拍了许多照片，累了，时间也过去了一多半。呼朋唤友向下去，走向另一条木栈道，去近距离感受黄河。

另一条木栈道虽然平缓，不再向上登高，但是，小雨下得更急了。我们急匆匆加快了前行的脚步。把雨伞举在头顶，脚步在木栈道上匆匆前行，身边是青绿的草原，各种小花星星点点在草丛中绽放，走着，看着，如置身花海，眼前虽然湿漉漉，但是心里美滋滋的。

在水边，我们看到了更青葱的草地，水中央的矮树，与河水草地相映，有着诗一样的意境，让人沉醉，让人兴奋。我们尽情地拍照，在草地上跳起来，与大自然融成一个美的意境。

正在意兴阑珊时，领队打来电话催促，急匆匆回去，心里却留下了无限的眷恋。

神奇的九寨沟

出行第五天的傍晚，我们来到了四川阿坝藏族羌族自治州的九寨沟沟口，一进去，便觉得这里水草丰茂，诗情画意，是个不错的地方。

小雨过后，我们参观了甲蕃古城堡，地上湿漉漉的，半山腰堆满了仙境一般的云朵。沿着哗哗的水道，我们经过九寨千古情，来到了晚上要住宿的宾馆。门前就是美食街，山头一直云雾缠绵，如诗更如画卷。水在门前的沟渠里哗哗流着如一曲好听的山歌。逛了小街，吃了美食，赏着美景，晚上安然做了个好梦。

第二天早饭后，早早出发，我们去欣赏九寨沟的风景。买了门票，随着长长的队伍，我们走进了盼望已久的九寨。

还好，天公作美，虽然是个阴天，但是，不再下雨了。九寨沟景区很大，有三条大沟，必须乘坐景区公交车才能走完。

我们先去树正瀑布。在观景点下车，沿着木栈道走进浓荫中的树正沟，立刻便听到了哗哗的水声。沿着水道向里走，水越来越多，清澈透亮，真叫人欢欣。

九寨沟山上植被茂盛，山间有九个少数民族居住的寨子，因此而得名。与其他地方不同的是九寨沟里的水流经灌木丛，矮树长在水中，水从矮树丛中穿过，水与矮树长情相伴，形成自己的特色。

淙淙流动的九寨水清澈透亮，穿过矮树丛，激流涌动，随处激起白玉珠一般的水花，叫人看得如痴如醉。

一路上，我们欣赏风景，看水与树丛相依相伴，树在水中安然生长，水从树根处淙淙流过，一切那么安然有趣。顺着水道向上，我们一边走，一边欣赏风景，一边兴奋拍照。不久，就来到树正瀑布，水声哗哗轰鸣，如白色的练带从陡坡上坠落，而山坡上，依然是水从矮树下流过，矮树在水中安然生长。总想拍下许多照片，总想把九寨沟的美好珍藏在自己镜头中带回去，天长地久地欣赏。

看过树正瀑布，顺着栈道，我们走上公路来到下一个乘车点，再次坐上景区公交车，去往另一条山沟——则查洼。景区公交车行在浓密的林间公路上，行了很久才到达景点。一路上，车里的小电视上播放着九寨沟的宣传片，我们从宣传片上了解了九寨四季的风景，更觉得九寨之美妙不可言。

在则查洼，我们沿着木栈道去看了长海，被那碧玉一样的水蓝色感动，又去看了五彩池，更是被深深震撼，这哪里是水啊，分明是天上的瑶池，那透亮的蓝与绿怎么能用文字形容出来？由于池底深浅不一，从不同角度去看，池里的水有着变幻的彩色，真像一块蓝绿之极的润玉从天上跌落人间。那美真是叫人感叹叫人不知如何去形容，人间怎会有这样神奇的水！

痴痴地欣赏着五彩池，然后一步步走向原始森林。木栈道一直通向森林深处，一棵棵松杉高大粗壮直耸云天，林子里特别安静。我们迈步在栈道上，看林中各种奇异的果子，感叹松杉的高大，享受林间的清幽氛围。也许树高林密，有的树上竟然生出了许多绿苔。九寨沟真是一个天然的宝库！不但水多而美，这么多植被，郁郁葱葱，漫步其中，真的特别享受！

出来则查洼，我们再去另一条山沟日则沟，依旧得乘车行驶很久。一路上，林木葱茏，我们一边欣赏林木之美，一边感叹水的奇特。

　　午后，天气也如人意，蓝天白云，让我们更加欢欣。在日则沟，我们看到了五花海，再次被那水的色彩震撼，蓝玉一样的水，色彩仿佛调出来的一样。不，谁也调不出那样的奇水来，那么润，那么蓝，蓝中含绿，绿中透出一种晶莹的蓝来，很透亮。湖底的枯木已经变成了珊瑚。怎么看那水，都那么美，不同的角度，色彩深浅不同，仿佛宝玉被珍存人间供人们欣赏。我们陶醉我们拍照，我们不愿移步向前。

　　在珍珠滩，我们再一次忘记一切，不愿挪步向前。水从钙化的岩层上流过，激起无数的水珠，仿佛珍珠一般清澈透亮。尤其是走在珍珠滩上面的跨水栈道上，感受着水从矮树丛中淙淙流下，再在另一边的黄色岸滩上滚滚流去，激起珍珠般的水花，从滩上飞身而下，形成那么宽那么漂亮的珍珠滩瀑布，那么多的水，那么美的水，那么透亮晶莹的水，轰鸣着跌落在山崖下，真是美轮美奂，难以形容！

　　洁白的水珠轰然跌下，形成瀑布流下，淙淙流去，如玉一般美好。

　　九寨沟的水真美！一路上，那么多的海子，一个个都像是天上的美玉遗落人间，滋润着我们眼目，点亮了我们的心房。

　　地上水美，头顶云朵美，那飘忽变幻的云儿就在半山腰等着，你抬起头，它们在游走，你痴痴望，它们变换形状，如梦如幻与你的眼睛缠绵。而山上全是树，浓浓的翠绿，密密的浓荫与满沟的碧水及飘在半山腰的云构成一幅醉人的画卷叫人留恋！

　　最不舍的还是那水，一路走，一路碧蓝相伴，那醉人的颜色谁也调不出来，那醉人的绿直叫人忘记自己是在人间。

　　一个又一个海子，绿得叫人心醉叫人痴迷叫人不住地在心中感叹！

　　回去的时候，我们又去欣赏了诺日朗瀑布。这是一个更加宽阔的瀑布，那么多的水从高处跌落，在山崖下滚滚流去，清澈透亮，真美！

　　从早上七点进入九寨沟，一直到下午五点多，我们一直在九寨沟里马不停蹄地奔波,劳累且享受着无与伦比的大美!那奇异的水,那丰富的水,那清澈的水,那蓝的如玉,绿的如翡翠的水,把九寨沟装扮得如同一个童话世界,如同世界上最美的画卷,让人难忘,让人想一直在心里珍藏!

九寨沟真是一个如诗如画如幻的人间天堂!

九寨归来不看水,不知是谁说的。那水真叫人如痴如醉地想念!

黄龙——遗落人间的调色盘

听说黄龙最高海拔 5588 米，因为前几日的高原反应，我心有余悸，决定去的时候看情况，如果有不适，就不准备上山了。

还好，到了买票的时候也没有什么异样，就随着团队进了山。

我们乘坐索道直接上山去，坐在缆车里，看青山绿树在缆车下直陡陡地移去，觉得黄龙果然有气势！然而，下了索道，就是原始森林，木栈道比较平缓，通向森林深处。我们一行人随着游人兴致勃勃地向前去，虽是中午，原始森林里荫翳蔽日，给我们带来了不少清凉。惬意地向上去，不时有一些奇花异果出现，一行人兴奋地凑上前去欣赏，再继续向上去。

正午时分，我们来到了山上的五彩池旁。哎，真美！只见一池一池清亮的浅蓝色润玉一般的水出现在视线里。那水真是奇妙，碧蓝如玉，一池一池，云朵状排列。有的池子下面是乳黄色的，有的是乳白色的，梯田一样平铺在山沟里。水的颜色因为池底颜色不同也各不相同，有的清亮中透出浅蓝，有的透出浅黄，或者极淡的绿，色彩丰富，叫人如痴如迷，真是不能形容！

整个彩池形状犹如孔雀在两山的绿树间开屏，艳丽多姿，而池水，如润玉如琼浆，更如上天遗落在人间的天然调色盘。

离开五彩池，我们没有再向上去，宝雪顶在天空下熠熠生辉，但是，海拔却有5500米。我们已经在海拔4000米的位置，离开五彩池，我们向下去。我以为水景已尽，谁知，一路下去，下面的争艳池一样叫人陶醉。大大小小的池子仿佛天上的云团遗落在黄龙的山坡上，而池里的水，那么清澈，那么透亮。在云团状的池子里，或者浅蓝，或者浅绿，或者浅黄，或者乳白，真叫人无法形容那色彩的丰富与美好！因为特殊的地质原因，黄龙的这些池子全都是钙化池，池底的乳黄色把池水衬托得美丽之极，不能言说。

一路上，黄色的钙化岩随处可见，山上的水从黄色的岩石上淙淙而过，如从金子般的岩石上滚滚而下。沿着木栈道向下去，一路水声淙淙，左右相随，各种奇异的色彩在原始森林中显现，让人总想坐下来小憩，陶醉！

飞瀑流辉，金沙遍地，一个景点接着一个景点，出现在眼前，你以为已到山下，可山上郁郁葱葱的树木在山上倾斜的角度让你明白，离山下还有一段距离。

终于要走出景区了，还真不舍，回头望望，宝雪顶在蓝天下更加闪亮，那常年的积雪在阳光下闪着银光，而郁郁葱葱的树木仿佛怕人把山上的珍奇带走，把一切又掩在了它深厚的怀抱里。白云悠悠，有着特别立体的棉团，走着感叹着，挥手告别，如告别天上瑶池。

黄龙的水，真美！如果说九寨的水是各种蓝与绿的集体展现，那么，黄龙的水则是清亮的润玉落在了黄色的调色盘中间，一团团浅黄，一片片淡绿，装点着人间，叫人陶醉无边。那黄色的盘，那清亮的如玉一般的浅蓝淡绿，真叫人如痴如幻！

麻辣成都

九日行的最后一站是四川成都，第八天晚上近十二点，我们的大巴才走出茂县汶川的大山来到成都，一路马不停蹄，最后我们在宽窄巷附近的宾馆住下。

收拾好行李，出去吃饭，咨询了前台服务员，说附近有个"老妈蹄花"美食店二十四小时营业。于是，和朋友出去寻找。果然，凌晨十二点了，这里依然灯火辉煌，还有不少客人在进餐。在大山里奔波了一个下午，晚上这个时候还未进餐，我们的肚子早已空空。没有吃"蹄花"，因为，看到邻桌的客人吃的那么肥，就点了一份饺子，果然是成都的滋味，连汤都是辣的，吃得好不过瘾。

旅行的路上，最不能亏待的就是自己的肚子。吃饱了饭，心满意足地回去睡觉，第二天准备去逛宽窄巷。

第九日早上起来，收拾了衣物便跟着朋友一起去逛成都的老街。

先来到宽窄巷，青石板的地面，干干净净，背着小背包，惬意地行走，东瞅西望，发现一些老的物件或者装饰，会欣喜地凑上去欣赏或者拍照。

早晨的宽窄巷，人还不是太多，古色古香的房子和街道，绿树相映，很清静，别有一番情致。不管是宽巷子还是窄巷子，或者后来去的井巷子，街道宽窄不一，古代的物件，处处有着不一般的情致。能感到过去了的时光在这里缓缓流淌的痕迹，各种房子院子古物独特别致叫人欣喜。一边漫步，一边拍照，一边凑上去仔细瞧个够，仿佛行走在古书中体味着一段古老的时光。

坐在古式的花草院子里，体味一段旧时光，或者在小吃摊前来一碗麻辣的重庆小面，慢慢地体会那厚重的滋味，真切地享受成都人的生活，心里觉得特别舒服特别满足。

或者购物，或者欣赏或者随意地游览，宽窄巷和井巷子都是不错的地方。

从宽窄巷井巷子出来，去往锦里，发现锦里更加繁华。与宽窄巷比起来，锦里大了许多，不愧是西蜀第一街，各种风味小吃，各种饰品，各种老成都人的最爱，在这里一一都可以找到。花花绿绿的皮影，吹糖人，老院子，红灯笼，随处可见。走在锦里，能看到许多别处不曾见过的风景，一个老者正在帮一个中年男子点长烟袋，那大烟袋约有二三米长，吸烟的人端着长烟袋，一脸喜悦地体验那古老的烟具。各种小工艺品花花绿绿挂满了生意人的小车架。各种老式的院子，门窗都叫人新奇。有的老院子里摆满花草，花草中的老式竹椅茶具叫人想坐上去体味一下老成都的悠闲。能想象出那悠闲时光里的人们有过怎样的好生活！

各种雕饰各种布置各种小吃叫我们在老成都的慢时光里陶醉。古色古香的老街中游人如织，仿佛要剪切一段美好的老时光回家煮着慢慢享用。有人说夜晚的老街更美，灯火辉煌，流光溢彩，我则觉得，白天漫步更有滋味！

在宽窄巷，我吃了一碗重庆小面，那辣辣的麻麻的味道浓浓地在肚子里翻腾，特别叫人陶醉。

由于时间有限，逛过宽窄巷井巷子锦里，我们又去逛了文化公园。

看到公园里那么多竹椅摆放在茶艺旁,再次觉得成都人特别会享受生活。时光在茶的滋润中慢下来,一口一口地喝着生活的味道,那感觉该有多好!

穿过文化公园,我们又去了琴台故径,武侯祠,杜甫草堂。虽然脚步匆匆,但是,一路上,有了那么多体验,非常开心。

中午时分,几个朋友在宾馆对面的饭店品尝了成都人的最爱——红通通的麻辣火锅一上来就让人觉得过瘾,可劲吃,四个人也没有吃过二百元钱。大家都啧啧称赞火锅的味道,那麻麻辣辣的滋味让我们心满意足。一盆红通通的麻辣火锅,给我们的成都之行画上了圆满的句号。让我们久久回味!

大美青海，风景在路上

这个暑假，跟着户外团，九天八晚的出行，最西边到达青海省的青海湖，一路上，很多时候我们都在车上在路上。

在车上，身体闲着，眼睛却没闲着，因为车在路上行驶，风景像在车窗外拉开了画布，一路上变换色彩，变换图案，变换着不一样的山水云团。

先说出行时，在陕西，看到远处突起的山影印在天际，有着不一般的气势，正疑惑时，身边的朋友告诉我，那是西岳华山。哦，怪不得呢！那山的影子在天幕下那般有气势，连绵不断，陪了我们那么长的路程。

进入甘肃，山不高但一路上连绵起伏。起初山上植被并不茂盛，红色沙土质的山色让人惊奇，而黄河的源头也不过是些不太大的小河，河水混浊。后来，有一段水竟出奇得清亮，也叫人没想到。一路上，山在绵延，像拉开的画卷，云在山头，变化缠绵，河水，经常相随相伴，山与水，在路那边，有着各种潇洒，各种气势，让人感叹。

进入高原，远山低矮，山头云雾笼罩，大片大片的油菜花金灿灿在高原草场中闪现。

而在草原，无边无际的绿草如地毯一样在丘陵低山上铺开，马牛羊一群群出现，藏包像明珠一样嵌在草原上。

大地如此壮观，风景无限，每一处都有叫人想不到的景观。

高原的云海，草原的野花，无论走到哪里，美一直在身边。

大美青海湖，远看是一条清亮浅蓝的水线，近看一望无际，水质清亮，与天相连，壮美无边。

回来的路上，在大草原中有了整整两天的行程，无边无际的绿，无边无际的草场，无数的黑色牦牛像草原上的黑玫瑰装点了草原，偶尔还会遇到草原云海，如梦如幻，叫人难忘。在唐克，那九曲黄河，弯了第一个大弯之后曲曲折折，潇洒而去，那遍地的花海叫人如痴如醉。在九寨沟，到处是蓝色的海子，那么多的瀑布，那么多的水在树丛中淙淙流过，如透亮的诗如美好的句子，温暖了我们的日子。在黄龙，那密密的原始森林和神奇的钙化池，像一幕幕难忘的电影印在了我们心中。还有成都的老滋味，麻辣厚重，让人那么舒心那么满足！

晨起行路时，有时候，正遇上日出，红通通的朝霞在车的前方铺满视线，点亮我们的心空，也叫人难忘。

一路上，草原，花海相伴；一路上，高山，大河在身边；一路上，各种云聚云散；一路上，无限的江山像画卷在眼前铺展。回来的时候，经过茂县汶川，岷江滚滚相随，大家特别关心汶川的建设，看到那些新建的房屋，心中感到安慰。

这一次远行，看到了那么多山山水水。风景在路上，如画卷，随着大巴车，一点点展开，一点点收拢，将那无限的美好珍藏在了我们的心中。

193

缺点什么呢？

这几天，或者说从昨天开始，我的心里老有一种没根的感觉。怎么回事呢？我在心中思索。

前天坐了一天的车，从河南到山东乳山银滩，一直在路上，傍晚时分到达银滩的家，让物业送上电，打扫卫生，收拾房间，休息。

昨天早上去外面买了早餐提回来，吃了之后，去帮朋友开了窗户。再后俩人骑车去白浪滩游玩。欣赏着大海，在沙滩上走了那么远。中午包饺子吃，下午想去游泳。老公说天冷，在家休息，傍晚去沙滩上玩。大海退潮了，沿着沙滩，走向大海看海水一波一波哗哗涌动，一望无际，还是很感动。

今天早上，五点醒来，在阳台上看日出。看着看着就想拍照，拍着拍着就想起那种感觉，老觉得这两天的生活缺点什么，缺点什么呢？

仔细想想，还是能找到点蛛丝马迹的。这两天，一直在拿手机拍照，想在朋友圈发点图片，可是，这行动给我带来了什么呢？

浮躁！心一直浮在空中，没有沉下来静心欣赏风景，终于找到了症结。一直想在朋友圈发表点东西，心没有了欣赏风景的安逸，你要取悦那些与你心灵无关的人什么呢？并没有人特别想欣赏呀！

所以，第一要远离微信，不要老去看手机。第二，提起笔记录。记录是自己与自己对话，记录让自己认识自己，修正自己。记录生活，内心会变得越来越充实，不让日子流于形式，有真实的痕迹。

我终于明白自己缺点什么了。

没有记录的日子如流水一般，不能发现真正的自己，看不到自己的得与失。所以，放下他人的朋友圈，走进自己的芳草地，让心灵充实，把日子过成自己的诗歌，去读书，去欣赏自然，去踏踏实实过好自己的每一个日子，让日子充实和幸福！

恋海的日子

昨天去购物，在威海待了一天，去了七个购物点，真累。

今天早上四点半起床，在阳台上看日出。我好像有个习惯，一起床，就想去拉窗帘，拉开窗帘，就想到阳台上去。站在阳台上就看见了天空和大海。于是，我就会在阳台上待上半晌。

早上四点半，天空还是一片灰蓝，安静肃穆。可是，不一会儿，天空的颜色就发生了变化。绯红的颜色从暗蓝色的天空里透出来，开始是一小片，渐渐地，越来越多。那绯红的颜色把东方的天空染成一片绛红。远处的云霞也渐渐由白变红，东方的天空渐渐成了彩霞满天。就在不经意的时候，太阳，那个淡红色的极薄的圆饼出现在了天空，真美！在你正要感叹的时候，不经意间，它竟然钻进了云层，没了影子。你正在后悔自己刚才分心，咦，天空中太阳竟然一下子又露出了笑脸，云霞与太阳全都出现在视线里，仿佛一层幕布被谁抽去，现在一切真相大白，完全露了出来。大海就是舞台，天空就是背景，太阳升起来了，海面上水波涌动，有了光路。光路渐来渐宽，波光闪闪，仿佛一路碎金，真是好看，让人不由就想起金光大道这个词来。

太阳升高了,大海上光路越来越宽。这时候,我想到海边去,就洗漱穿戴,推了我的小自行车,到马路对面的海边去。

想去走沙滩,然而,发现海水正涨潮,水波涌动,日出正美。就找个好位置,拍日出佳景,一张一张地拍,欣赏海波涌动,太阳光在海面上闪闪波动的样子。小渔港仿佛没醒来一般非常安静,一些渔船泊在水上,样子很从容。我醉心地望着眼前这一切,觉得世界之美,无处不在。

想听涛声,就找个石块坐下来,听海浪一波一波拍击礁石哗哗作响,神思迷离,心中却像许多东西被潮水冲去,释放,人变成空心一般,轻松舒服,也不知坐了多久。

下海边去走沙滩,寻找沙质细软的地方,赤脚踩上去,绵绵软软,很舒服,很愉快,来回地走,感受大海的真正魅力。

每次来海边,我都是如此地醉海恋海,看大海一望无际地铺展,听大海声声温柔地诉说,走沙滩,体会大海的深厚细致,去游泳,感受大海的温柔或者激荡,我总是痴痴迷醉。

中午去买过大虾回来,我又去了海边。退潮了,沙滩完全裸露出来,我踩着满是波浪纹路的沙滩去追逐退了那么远的海水。波浪纹的沙滩也总让我迷恋,我脱了鞋,踩着沙滩上的波纹,一步步走向退潮的大海,沙质细软,温热,踩上去,特别舒服,仿佛在做一场足部温疗,走多久都不觉得累。

许多人在追浪,或者捡拾什么,或者如我走来走去,只为看海。

追上了海水,看海浪一波一波涌向沙滩,轻歌浅唱一般,向我们问好,心里生出许多的惬意。

抬头看海,大海无边无际却安详美丽。

回去的时候,踩着沙滩或者海水,温热如洗浴一般。午后,想休息,去拉窗帘,发现大海轻浅淡蓝,如一个美丽的女人优雅安详,禁不住走到阳台上去欣赏。

天空浅蓝,白云绵软,天与海相映,美轮美奂,不由想提起笔,写上一些语言。

赞美什么呢？

只想说说这个美的天地和心中的爱恋。我喜欢大海，喜欢海边的生活，正如海上那一卷一卷的浪花，一层一层涌来，永远也不停下歇息。罢了，该午休了，傍晚我还想去游泳，在大海里，欢笑戏水，那乐趣，想想就觉得美，让人沉醉。

明天就要回家乡去，今天，再去游一次吧。在水里，或波冲浪击，或者陶醉在摇篮里，天空静美，大海无边，那快乐，只有来海边的人才能体会。

游泳之乐

　　每年去海边，我最喜欢的事就是半下午到海边去游泳。

　　今年再去海边，住的时间比较短，虽然只有短短八天时间，我还是抽空去游了三次。

　　第一次去的时候，海水正在涨潮，海浪比较大，一浪一浪很有冲击力。我和老公，一人一个游泳圈，躲过浪大的地方，进入无浪区。虽然有时候，海水汹涌而来，但是，由于离岸稍远，海水只是在海面上推起来水波之后便从身边一涌而过，我们只是在水上被推着晃悠了一下而已。那浪头只有在岸边遇到阻力才会击出白色的浪花来。当然有时候，我们也会遇到一些大浪的推涌，眼看着一排翻卷着的白浪滚滚而来，高过自己，但是，当那白浪接近身边的时候，身子往上一跃，就从水浪里钻了出来。虽然一群人也会被打的一头海水，湿淋淋如一个个落汤鸡，但是，很刺激，人们一边尖叫着，一边抹着脸上的水，嬉笑着看看附近的泳者，彼此不管认识不认识都很熟识一般露出友善的笑容来，然后再继续投入自己的快乐里，在海水中享受玩水的快乐。那时候，头顶的天空是安静的，而身边的海水是上下汹涌的。大海像一个不平静的舞者，而人呢，像大海里顽皮嬉戏的孩子。大海那么大，人那么小，就像在一个不平静的摇篮里，虽然巅得厉害，但是，有太多趣味，让人情不自禁地想奋勇前进，却总是被海浪打回原处，退回沙滩。冲浪总是让人觉得非常有意趣，想一次又一次挑战自己冲击大海的勇气，觉得过瘾！

　　第二次去的时候，正是满潮，海水平缓地铺展到沙滩上，没有什么风浪。这样的时候，最适合漂在水上。把游泳圈套在身上，走进海水里，然后漂起来。坐在水中，把头后仰枕着游泳圈，眼睛望向天空，享受此刻的安逸，天这么大，海水这么美，天空中的云丝丝缕缕在蓝天上变幻。你躺在海水中仿佛在一个温柔的摇篮里被海水推来涌去，那真是享受之极！也可以闭上眼睛享受海水的上下推送，那感觉真是温柔之极！有时候，伸出双手拨动海水，在海水中奋力向前，没有太大的阻力，会游出一些距离。天空是梦一般的浅蓝，大海是波光粼粼的蓝色，这两种蓝色都让人安静喜悦，身边仿佛梦境一般让人痴痴陶醉，天似穹庐，海天相连，让人享尽天水之柔和大美。这时候，我总是特别痴迷，久久不愿离去。

　　最后一次去游泳的时候，海浪不大，但又没有满潮，这时候，也是游泳的好时机。大海上水波涌动，天色浅蓝，海水浅蓝，我或者仰头枕着游泳圈闭目享受海天之间的安逸，或者爬在游泳圈上拨动海水向前，之后，静静地在海水里拍击海面。整个大海仿佛一个透亮的钢琴，水波涌动，如晃动着的五线谱，我双手拍击海水一如弹琴，欢乐之极！

　　在海中，不管是一个安静的人还是一个好动的人，都会变成一个童真的人，一心快乐。即使有什么烦恼，也会被大海融化。大海就像一个胸怀博大的妈妈，她那么美，那么大，给我们那么多欢乐，让我们离开的时候，还会回头去再望一眼，满怀留恋。

烟台山上

2016年暑假,我又去了威海银滩,虽然只小住了八天的时间,但是,我还是非常满足。这中间,我还抽出了一天的时间去了一趟烟台。

银滩离烟台不远,只有一个多小时的行程。早餐后坐上大巴出发,中午九点多到达。先去烟台体育广场看了木鱼石展览,这是烟台的特产,《一个美丽的传说》这首歌原来就诞生于此。

简单欣赏之后,我们便来到了烟台山公园。原来烟台这个城市的名字由此山而来。烟台山虽然不高,但是,三面环海,风景优美。跟着导游,我们沿着石级上山,一边听导游讲解,一边欣赏烟台山公园里的风景。这是一个花草繁茂的山地公园,沿着宽大陡峭的台阶一级级向上,两侧的古树枝杈在头顶相交,仿佛好朋友舍不得分手,在我们的头顶搭成了一个绿意盎然的荫凉通道。走在树下,一边听导游讲烟台山的来历,一边向上去,探寻烟台山的风景往事。虽然正值盛夏,却也叫人觉得惬意!

这烟台山,古时原是一片荒丘,三面环海。因位置在北海岸,当地人称"北山"。明朝时,为防倭寇袭扰,在"北山"设烽火台,发现敌情,昼则升烟,夜则举火,以为警报,简称烟台。

清朝末年，烟台开埠，英、美、法、日等多个国家相继在烟台山上和山麓建造领事馆。所以烟台山上以外国领事馆西式建筑著称。

我们跟着导游参观了丹麦瑞典等领事馆。之后，去参观冰心纪念馆，作家冰心小时候跟父亲在烟台生活，度过了自己难忘的童年，所以，这里有冰心的作品及事迹介绍。

从冰心纪念馆出来，在花木葱茏，浓荫遍地的公园里，我们随着导游，边走边欣赏风景。走过英雄纪念碑，来到了山顶的灯塔前。我们买票乘坐电梯上去，来到顶层。在11层放眼观海，呀，烟台市清晰地出现在视线里，真是一个干净整洁的海滨城市。一边依山，一边面海，高楼林立，风度优雅。而烟台山居烟台市一角，三面环海。

正值中午，天空浅蓝，白云悠然，大海一望无际，蔚蓝无边。站在灯塔之上，放眼望去，城市高楼井然，远山仿佛城郭护卫着城市，而大海，无边无际，深蓝辽远，叫人心旷神怡。海中一道拦海大坝横在海水中间，而远处，巨型吊臂一个个排列，叫人明白这座城市是一座海港城市。

登楼赏景，空旷无边，海风习习，烟台山就在塔下，树木浓密，各国领事馆隐藏在树荫中。山与海，一览无余。

从塔上下来，导游带着我们去了海边。在惹浪亭，我们近距离看海，许多人到海边礁石上玩水嬉戏，一些人到连心桥上去拍照。我则在惹浪亭静静欣赏大海的空阔与湛蓝。

烟台山真是一个不错的去处！

要回去的时候，我们沿着冬青长廊一边赏景，一边体味烟台山的优雅。冬青长廊完全是一条冬青树枝杈相交的通道，走着，看着，坐在旁边的青砖上休息一会儿，都是不错的选择。

烟台山上，可以赏花草，有一园一园的花正开着，可以赏建筑，有美国领事馆旧址、联合教堂、东海关副税务司官邸旧址、英国领事馆的附属建筑、日本领事馆的公寓楼、丹麦领事馆旧址。可以登塔欣赏大海欣赏烟台市容。可以到海边嬉戏。可以尽情拍照。可以慢慢体味。可以在绿色的长廊里忘记夏日的炎热。可以了解名作家的作品事迹。可以收获太多美好的心情。

来烟台，不到烟台山，还真是缺憾。

离开烟台山，我们又去了张裕酒文化博物馆。大巴车从海边经过，我看到这座城市与众不同的色彩。在海边，有许多巨型吊臂，还有检疫中心。烟台，这是一座美丽的港口城市。大海蔚蓝，市容整洁，仿佛一个优雅的女子，站在海边，风度翩翩，给我留下了深刻的记忆！

上云台探源

云台山的美景尽人皆知，尤其是云台大瀑布，仿佛从天而降，袅娜而下，美不胜收。可是我们却一直不知晓瀑布之巅到底是一种什么样的景况。今年教师节，恰是周日，我和老公随团去上云台探源。

想象中觉得会从后山脚向上去，然后达到山顶。可是，我真是想错了。像以往去云台山一样，没有从后山脚上山，因为，云台山是太行山系，深厚绵长，车走茱萸峰的路线，过茱萸峰的乘车点，直奔大山深处。路标显示沿此路可达山西的凤凰谷，我走别的路线去过凤凰谷，那么远，沿着这深山的路线竟然可达，可以想象这大山有多么深厚。

没有出发时，我以为云台山离家不远，应该不久就到达了。可是，现在，车过云台，穿山洞，绕山峰，一路向前，没有停下的意思。也不知走了多久，竟然出了河南省，进入山西省境内。云台山的天瀑明明就在云台山景区，我们却跑到了山西，而且，车一路向前不停歇，还在奔驰。司机也是第一次来，领队在另一辆车上，问也无处问，只好随车向前。一路深厚的大山，我们像进入一个神奇的秘境，一重山过去又一重山迎面而来。时间实在是久了，车上的伙伴开始闲聊起来。这样，时间才不知不觉地过去。大约十点钟,我们的车终于尾随着另一辆车来到了上云台的停车场。

下车,我以为要步行进入景区,谁知领队只是和景区相关人员交涉了一下,我们的车便再次向前行驶。这个景区和云台山景区完全不同,仿佛还没有开发,一切都很原始。有一段路甚至连水泥都没有铺,是沙石的,高低起伏,凸凹不平。大约走了十里的路程之后,我们来到了一个停车场,这停车场已经在山顶,看来,我们今天是从山顶向下去探源了。

果然,从山上下来,我们便进入一条树木遮掩的山路。领队讲了路线和位置,两车的旅友便前呼后拥地沿着山路向下去。没有走多久,就有一个观景台,很原始,悬崖边几根铁栏护着,从这里向下看,竟然看到了云台山大瀑布之顶。虽然树木掩映,隐隐约约,但是,能看到瀑布上面的一潭绿水和瀑布周围的风景。兴奋地拍照,其实也拍不清楚,因为距离太远了。

沿着山上的台阶向下去,到达一个观景点,只是从另一个角度来观看瀑布顶上的那一潭绿水和流下去的一点水流。再向下走,离瀑布之巅越来越近,台阶很原始,只是山石而已,与云台山景区内相比,这里像是无人问津的样子。终于到达了大瀑布的顶上,原来,平常我们从云台山景区内看到的大瀑布就是从这里飞流下去,跌落悬崖,流入沟底的。

因为山太高,我们在云台山景区内抬头看到的瀑布仿佛从天而降,我们看不到山顶的一切,所以,总不明白,那瀑布从何而来,那水怎会聚到了山巅之上。现在,一切真相大白。原来,山外有山。那云台山景区内看到的瀑布之顶,其实是上云台的山沟内聚集的雨水,越过深潭飞流而下形成的。

山外有山,云台天瀑之巅不过是整个大山的中点而已。大山向上,是另一重天地。两山夹一沟,沟内水流淙淙,乱石遍地。欣赏过天瀑之源,沿着上面的山沟乱石,我们向另一个方向探源。走走玩玩,或戏水,或歇息,或找些野韭菜,上上下下,越山石,钻树丛,没有路,也要穿过

205

去。幸好已经过了雨季，否则这沟底的洪水印记那么深，这里该是洪水的天下，人们真的没有立足之地。

也不知走了多久，沿着山沟，踏过乱石，终于，看到了一个水泥桥。虽然很粗糙，但总算有了路，能向上去，不用再在沟底跌跌撞撞。我的鞋因为刚才没有注意踏入溪水中已经湿透。看看大伙，不少人也有我这样的经历。互相取笑安慰，成了一趣。

有了路，开始向上去。大山深厚，山体苍黑，杂树丛生。走走看看，方圆何止几百里？沿着另一个方向向山上的停车场去，已经比刚才下山的台阶好了许多。有了人工台阶，有了栏杆，向上走，回头看，大山一重又一重。我们走过的路，都掩在绿树中，已经如羊肠小道弯弯曲曲地成为身后的风景。一身汗一身疲累，终于走到了山上的停车场。几个老驴友说沿着山上的大路往对面去，有一个外荒村，一户一村，可以去看一看。于是，大家再次鼓足勇气。还好，也不算太远。

还真是，一户人家，长年住在山巅，形成一个村落。家中全是山石堆成，鸡鸣狗叫，果树环绕，完全是原始的模样。丝瓜秧挂在山墙上，红花儿开在家门口。有石头堆砌成小客房，里面打扫得干干净净。一家人脸膛儿黑红，朴朴实实。一些游人或看风景，或家前山后转转，或者吃个饭煮个方便面。我买了一瓶百花蜜，与女主人讲价，她笑着却一点也不便宜，一百元一斤成交。

只知道云台山景区风景优美，却不知道山后面绵长纵深。大瀑布的形成需要另一座大山的成就。大山在河南省境内名叫云台山，山水尽美，国内知名。而在山西境内叫上云台，绵长深厚，是云台天瀑之源，却少人问津。就像高人总是像隐士一样，上云台隐在云台山之后，山体高大，绿树遍布，溪流淙淙，自成一景。

上云台探源，对于山外有山的名言，我心中恍然洞开，原来如此！人生，总是要亲自走一趟才更明白！

漫游九里沟

秋天，同事自驾去济源九里沟，叫我一起同游。

从小城出发，一个多小时的行程就到了济源市区，同事本地的同学过来陪我们同游，于是，我们一行四人成为六人，同事的同学带了一个详细的手绘地图，这样，我们的出游便不再茫然，省去许多周折。

买了票，开车从东线上山去。过了几个隧道，之后，把车停在停车场，徒步上山。

台阶直陡陡向上，同行的一个同事身体有点问题，照顾他的情况，我们都走得很慢，这次出游，纯属漫游，几乎没有一点强度。

直陡陡的台阶虽然很长，但是，走走停停，就不觉得疲累。上了台阶，有一个溶洞，同伴们兴奋地上去欣赏拍照，溶洞也不大，一会儿的时间大家就结束了探访。向前去是一段比较平缓的山路，山体苍黑，树叶繁茂，游人不多，异常清静。惬意地向前去，发现下面深谷中有一潭碧水，一些游人正在兴奋地嬉戏拍照。原来，上了台阶，我们已在山上较高的位置，环山走，下面是瀑布，水不多，但从山上下去，正入了山下谷底的水潭。我们沿着上面的山体，能走到山对面，再下去，到达谷中水潭处。

山上有两个溶洞，刚才看到的只是其中之一，环山走去，经过石门，直达瀑布之源，这里叫百合谷。谷中俨然是一个非常惬意的游玩之地，顶上有一个溶洞，里面山泉嘀嗒，积水清澈，石钟乳遍布洞中，也不深厚，玩了一会儿即回。下得台阶，来到一个平台上，这里有石凳石桌，坐下小憩，可以欣赏高大的山体与翠绿的树叶，而往下走，就来到刚才经过的谷底，这里更加幽深，常年不见天日，几个石桌石凳供游人赏景歇息。身边一潭绿水流向谷外，成为外面的瀑布之源。九月入山，已不是水的旺季，所以，山沟中水并不多，瀑布也不大，但是，可以想象盛水时，山中水多瀑布多的场景，应该非常漂亮。

沿着山势向外走，就来到了刚才看到的瀑布之顶，沿台阶下去，来到水潭边。瀑布虽然不大，但是，潺潺流水还是在山下积了一潭碧水，围着水潭拍照，或者坐在旁边的石凳上石桌旁休息，都是非常惬意。休息，进餐，享受山环水绕绿树遮护的乐趣，这都是游人乐此不疲的事情。

走出山谷，就来到了停车场，原来，我们刚好绕着那山走了一圈。

回到停车场，坐上车，我们去西线游玩。

听说西线水多，从瀑布桥下来，我们进山玩水，一个同事开车下山到停车场去。已过雨季，溪水不多，但还是能让我们感到山水的乐趣。沿途，有许多截流的石坝，上面一潭水，漫流下石坝，形成一个小瀑布，很有意趣，只是水不多。山沟中乱石纵横，若是水多的时候，溪水纵横，定是水声淙淙，无限美景。

西线水多，但不是旺季，山路倒是平缓向下，没有东线的陡峭台阶，惬意地走，随意地玩，终于看到了一潭碧水，可能是下面截流形成的小湖，安然秀美在两山之间。沿着山旁的小路走去，赏着青山碧水，没有多久就到了回味亭，过了回味亭，来到一片开阔的地带，就是停车场了。

我们的车就在停车场外面，坐上车，去镇上吃饭，结束一天的游玩。时间还早，回头望望大山，山青叶绿，挥手作别，沿原路返回。这是一次最轻松的漫游，九里沟，是一个可以恣意心情的山水之景。

一幅绿色的画卷

秋日出游，总是一件让人喜悦的雅事。

一个晴朗的秋日，我跟团来到了郑州绿博园。

路上，在网页里了解了相关信息，说绿博园，位于郑州东郊，面积两千多亩，园内景区分成三环。内环为枫湖，中环为各省各国园区，外环为森林区。

下了车，从北门入园，看了园内的导游图，便沿着园内中环的路线自西向南开始了游园。

说是三环，其实，园内的路全部相连，稍不注意，就会从中环进入内环也或者会跑到外环的风景里去，如入迷宫，不知身在何处，又错过了哪些园区。

开始在中环游园，走着走着，就来到了内环的湖边，湖水平静如镜，周围绿树环绕，去用手触摸清清的湖水，体验玩水的乐趣。在湖边的草地上望望远处，欣赏一下风景，都挺让人沉醉。同伴建议我们还是回到中环去，免得没有次序，游了内环赏了湖景，却错过许多园区。于是，我们再次回到中环去游园。

到处都是绿茵茵的草坪，草坪上面，各种绿色的树木叫上名字的叫不上名字的，高低错落挺有美感，走在树下，心生惬意。有的树叶已经微微发红或者发黄，在满园的翠绿色映衬下显出秋天特有的诗情画意。

　　走进一个个以各省命名的园区，除去一些特别的景观，园内仍然是绿树成荫，芳草青青。或者竹林丛生，或者垂柳依依，或者海棠的小红果挂满枝头，满眼的绿叶让人心醉。江南的小桥流水，少数民族的吊脚楼土楼，各省的特色，都能略见一斑。一个园区一个园区欣赏，常常也会错过一个园区，因为每个园区相连，树木丛生，曲径相通。中午的所有时间都在园内中环上行走，在园内西半环和南区留恋，每个省的记忆也都模糊一片，太多的景色都在绿色中包裹，只觉得走在一幅绿色的画轴内，走来走去，也走不出它的芳华浸润。南区除了各省园区，还有外国园区，法国的凯旋门，刚果的纺锤树都出现在我们的视线内，一日内我们竟然游了全国还来了个出国游！真是不亦快哉！

　　在儿童游玩区我们看到各种游玩项目，小朋友在家人的带领下玩得不亦乐乎。在动物散养区，我们看到了猴子，孔雀，以及各种动物。更让人难忘的是，园中有一个蝴蝶兰花房，房内花开遍地，有蝴蝶花搭成的各色小桥，花墙，花房，花的盆景，入得园中，水汽缭绕，如入仙境，让人流连忘返，不知置身何处。

　　园内一直都播放着轻音乐，袅袅的音乐在园中随处都可以听见，一边赏景一边在音乐中沉醉，真是一次美好的体验。

　　下午，沿着园内的中环，去逛东区和东北区的园景，在各省的美景中陶醉，在各国的园区内留恋，欣赏园内精华，真是移步换景，处处精彩。千米花带，开满星星点点的花朵，远看如云霞一片，近看灿烂无比。

　　更难忘的是游园结束，来到园区广场，居高临下欣赏园内中心湖区和外围的满园绿色时，湖上的音乐喷泉开放了。

　　随着音乐的高低起伏，喷泉的水柱由低到高，由舒缓到激昂，变换图案，时而像百花齐放，时而像一道水幕，由高到低，再由低到高，激越时水柱冲向云天,竟有几十米高,白花花的水柱在浅蓝色天空的映衬下,如冰般透亮洁白,散开时又如雪如雾轻飘飘落下,晶莹之极,不能形容。震撼着所有游园人的内心。人们或者拍照,或者惊叹,或者呆呆地沉入一个言说不尽的美的世界。我亦是陶醉在一个从未见过的水与雾的世界,震撼不已。

不是谁叫了一声:"看,彩虹!"我循声望去,果然,在我们前方不远,有一道七色彩虹飘浮空中。

今天是个晴天,音乐喷泉在蓝天的映衬下,显得格外轻盈透亮,像一层薄薄的白冰刻出的画,纯洁美好。想想,这样一个晴明的秋日我们来游览绿博园,满园芳华,走在园中,如在画卷里,移步换景,都是风景。秋阳明丽,给各种植被披上金色的光华,喷泉又如此画龙点睛地给我们的游园画上精彩的句号。这一天的美好如一首轻音乐,叫人陶醉难忘。

现在回想起来,仍觉得芳华满心,仿佛一曲《秋日私语》在耳边响起,余音袅袅,飘过满园高高低低的浓绿,飘过水平如镜的湖面,来到我们的心中,久久回荡不止。

走咧走咧，去宁夏

朋友问我，你怎么会想起去宁夏呢？

我说，因为在家久了想出去，户外正好有去宁夏的周末游，就这样我去了宁夏。细想想，还有一个理由，就是我从未去过沙漠，而这趟行程里有草原有沙漠。当我们的心灵遇到不同的风景，当沙漠走进我们的心灵，我们的内心与风景会撞出怎样的火花？我想知道，所以，内心里还是有许多不同以往的渴望！

2017年4月21日也就是周五的午后一点，我们在小城的劲牛汽车站集合，上了卧铺大巴，开始了又一次的千里之行，走进宁夏。就像那首歌唱的那样，走咧走咧，去宁夏。大巴车一路向西，我们走向宁夏。

从河南经陕西甘肃走向宁夏，一路上，感觉到水越来越稀缺，因为山上的植被越来越少，渐渐地，山如一头头缺少毛发的卧牛在远处的天宇下一路相随。而大地上，也是如此，植被越来越少，树木低矮，黄土遍布，四月天了，庄稼还未长出来，浅白的天，黄色的土地，稀稀拉拉的小村落零零星星地分布在黄土高坡下的山沟里。

第二天中午十一点左右，我们才到达火石寨风景区。原以为山青树绿风景宜人。没想到四月底这里仍是荒草遍地，树木才刚刚开始萌发，山是丹霞地貌，红色的石头层层堆叠，山上的石窟随处可见，上山时，山势陡峭，有的地方直上直下，必须拉着铁索才能一步步上去。在山顶居高临下，看蓝天下红色的岩层气势突兀，白云悠悠相伴，竟也有种红红火火又安安静静的美感。我想若是盛夏过来，这里红石遍地，芳草青青，一定美轮美奂！

在火石寨逗留了一个多小时，之后我们去往通湖草原旅游区。又是几个小时的行程。一路上，亏得大家你说我笑，欢声笑语赶走了旅途的枯燥与疲劳。

到达通湖草原已是后半下午，导游买了票，我们坐上电瓶车去往沙漠中心，因为草原未绿，沙漠吸引了我们的视线。

一行人在沙漠里玩秋千，看骆驼，拍照片，欣赏夕阳落日，体会大漠落日圆的那种空旷意境。

当最后一班电瓶车回去的时候，我们虽还未尽兴但只得赶快撤回，沙漠漫漫，走路回去不可想象。坐车出去，晚上我们还可以参加篝火晚会。

一路奔波，看草原未绿，心里不免有些失落，然而，晚上八点钟的篝火晚会一开始，就让我们感到了安慰。

蒙古风情的篝火晚会上，小伙子姑娘们热情四射的歌舞表演一场更比一场精彩，娶亲，摔跤，马术表演，加上迷幻的彩色灯光和熊熊篝火把我们的情感推向高潮，千里迢迢奔波的辛苦，在一场精彩的晚会里变成了喜悦和兴奋。

晚会后，车行至中卫，住在党校宾馆，放好行李，我们去市里吃了手抓羊肉，感受了宁夏的美味。

第二天早上，早早起床吃了饭，一路西行，我们去往沙坡头，去体味腾格里沙漠的魅力。原以为沙漠荒凉，谁知走进去有许多游玩项目，坐缆车上去，进入沙漠中心，赤足拍照，所有的人都是说不出的兴奋。滑沙，爬沙坡，与骆驼合影，在沙漠里赤足行走，天蓝云白沙子金黄，简单的色彩却特别大气，天地人的和谐叫人心旷神怡。

沙堆一坡一坡，人们在沙上兴奋滚动，想起那首《热情的沙漠》，不由得想唱上一曲。

玩够了，坐缆车下来，竟又恋恋不舍。回头望，漫漫黄沙，如一片纯净的沙漠海，让人有回到童年的错觉。车上一位老者说，好些年没有赤足玩沙了，还是在童年的时候有过这样的欢乐。

站在黄沙上远眺，黄河在这里弯了一个大弯，河水混沌，滔滔远去，却给了沙漠无边的滋润。河边树叶青青，如沙漠中的绿洲让我们的内心有了青葱的润泽。

离开沙坡头，我们的大巴车驶向黄河宫。有黄河的滋润，黄河宫周围草地青葱树影婆娑，感觉上滋润了许多。拿了票，进入黄河宫，了解黄河的发展，看历代先人在黄河流域生存的印记，玩味石展，看水从黄河宫的玻璃墙外淙淙流过，仿佛去了一趟远古进行探秘。走出黄河宫，感受黄河携着泥沙滔滔东去，赤日炎炎，劲风阵阵，却也叫人觉得挺美。造型别致的黄河宫周围青青葱葱，仿佛宁夏沙漠里一颗闪亮的明珠。

回去的时候导游带我们去购物，买了一些中宁枸杞子，一路上看到大片的枸杞苗在天空下成长，虽然并不青葱，还不到收获的季节，然而却叫人看到了无穷希望。在家乡我曾到处寻找真正的中宁枸杞，现在来到宁夏，不愿错过机会，不用别人宣传就愿意带一些回去。一方水土养一方人，上天没有亏待宁夏，枸杞子成了宁夏的名片。

告别宁夏回去，看着一路的黄土高坡，觉得宁夏，实在是个水源奇缺的地方。虽然黄河在中卫这个地方给了宁夏滋润，这里草地青青，绿树成荫，俨然一个诗意流淌的地方，但是，大部分的地区仍是干燥得不能言说。

乘车回去，感觉和来时一样，觉得天干物燥，历练着这片广袤的土地和土地上的人民。

回到河南，才明白水对人的滋养有多重要，家乡处处绿色，树木繁茂。走出去,再回来,才知道家乡有多美好!自己的生活有多幸福!

也许这就是旅行的意义,看不同的风景,体味不同的人生,然后珍惜自己的拥有,给别人送去真诚的祝福。

走咧走咧,去宁夏。回来几天了,这首歌仍然会时不时飘在脑海里,让我想起那些在宁夏的日子。

山水之约——木札岭的清凉之夏

　　仿佛与山水有约，一个多月未出远门，我便心心念念地想去爬一次山。去哪里呢？正好周六有户外出行，便拿了联票跟上人家出发，没有查阅资料，没有了解山在哪个方向，只是想出去走一走，哪怕是一座很小很平稳没有台阶的山也好。

　　可是，到了才知道，自己完全错了。

　　木札岭，可不是一座可有可无的小山。

　　景区正在搞活动，有联票的免门票，只有两天的时间，这是第一天。所以，景区入口处人山人海，好不容易才进去。进去之后，人们渐渐安静下来，抛却喧闹，沿着林荫小路上山去。

　　没多远，便有水声从树影中传过来，抬头望，只见一挂瀑布挺宽落差还不小，白哗哗映入眼帘，禁不住喜悦地在心中感叹，这么多水！

　　仔细看才明白，原来是拦河大坝造成的水景。于是，沿着山脚下的林间小道向前，一潭碧水安安静静就在身边，两山之间，树林显得特别安静，人们仿佛都喜欢安静地听山。

　　昨天刚下过雨，小路上有的地方湿漉漉的，人们安安静静地走，树叶安安静静地绿，大山被树木笼罩，满目青翠，看不见山体，只见绿叶青青。五月的天气，树木峥嵘，绿色正浓，映得我们满心也是翠绿，光是这绿色就叫人心凉如水。

正觉着惬意之际，一个小亭子出现在眼前，原来是一座小桥，把行人从山这边引到山那边去，行人可以在桥中间的亭子里休息，看桥这边碧水淙淙而行，看桥那边乱石间溪流纵横。

过了桥，向上走，台阶开始陡峭。依山势而上，扶着栏杆，望山中乱石间碧水奔突，水声渐大，水也渐多，刚进山的安静已经隐去。人们行走在浓绿的树林中，两山间溪水淙淙。台阶越来越高，一级级向上，我们在大山的浓绿中行进。累了，抬头看山那边，满山绿树，青翠欲滴，竟有种登黄山的恍惚。黄山的天鹅岭一段与此山有点相似，山陡峭树碧绿，很有气势，原以为木札岭是一座可以随意行走的小山，现在才明白，自己了解太少，小瞧了此山。

胡思乱想的时候，水声更加激扬。循着水声望去，眼前出现一挂长长的瀑布，白玉一般挂在山间。一阵喜悦，走近去，在飞溅的雨雾中留恋拍照，看满山青葱，继续向前。

台阶依山而上，与瀑布同行，一边稳稳地踏着台阶向上走，一边听着瀑布坠落激起的轰鸣，感觉满山诗意，走着，听着，偶尔从绿叶间望望瀑布，白玉珠般的水帘透过绿叶在山间显现，仿佛一个美女在山间翩翩起舞。真是一路音乐一路诗意！

本以为，见到了大瀑布，谁知，向上走，竟然还有更大的瀑布，一挂比一挂水多，一挂比一挂落差大，叫人忍不住地欢喜。一次次望着大瀑布感叹，欣赏，看那水变换姿势从高空垂落，跌在山石上，飞溅出雨花玉珠，玉一般叫人爱惜。本以为我是在攀登山峰，其实不然，原来这是条落差很大的山沟，一路向上去，似在登山，其实是在围着瀑布左右盘旋而上，见了一景再遇一景，一景比一景叫人欢欣。

在木札岭行走，一点都不会觉得冷清，山上山下到处有音箱在放着空灵的音乐，而越来越多的瀑布似乎更想让人听它奏出的交响，一路上山水激扬，一路上欢歌伴随。

也许是刚下过雨，山中的水特别丰盈，每次见到一个瀑布，水都特别大，白花花的瀑布从高处跌落，或如碎玉飞撒，或如雨花四散，或如面粉轻扬，那瀑布的大气秀美超乎我的想象。

走着看着，已经忘记脚下的路。踏着台阶，曲曲折折在山间环绕，从山这边到山那边，每一处台阶都绕瀑布环行。有意思的是能一直到达瀑布之顶，从上面寻源，再向上去，又遇一个瀑布。先在瀑布下赏玩，然后再沿着台阶一级级向上，依旧是围着瀑布向上，从山这边到山那边，再到瀑布倾下的位置，或有瞭望台，或有小亭子，休息，拍照，全方位看瀑布飞下的盛景。瀑布从几十米到百十米，那落差之大，觉着罕见。

本以为木札岭是座小山，没想到它瀑水丰盈，瀑布众多，什么雨花瀑，通天瀑，瀑水之大，瀑形之美，都叫人如痴如醉。也走过许多山沟，看过许多山景，然而，这里的瀑水之多却是没想到。也许是雨季，我们来得正是时候。

青青大山，溪水纵横，长瀑飞流，一路上，我们隐身绿荫里穿行，听山水相击之美，享尽山中清凉之意。

出了山谷，再探究地图，发现，原来我们走的是九龙撞，也恍然明白，为什么山中水那么多，何止九龙在撞击山石！

夏天，走进木札岭，真是一次难忘的清凉之旅！山谷里溪水纵横，瀑布喧嚣，山体上绿树遍布，翠色欲流。向谷外望，远处，山峰叠翠，一座座相拥，层层如画，向上望，绿色庇护的大山，一直望不到边沿。

这一日，不见阳光，只见绿，满心都是清凉。回家来，查资料才知道，木札岭，我们只看了一小部分而已。原始森林，官帽峰都未到达。

就像人与人不同，山与山也各不相同。就像那句不要小瞧了任何一个人一样，我们也不能小瞧了任何一座山。纵然有五岳归来不看山，黄山归来不看岳的名句，我们也不要小瞧了未去过的任何一座山，每一座山都有自己的风景！

在洛阳嵩县木札岭的清凉里穿行，满山翠绿，瀑流纵横，真是一次美好的山水行程！

白云山二日

这几年游了一些山，对山已没有了初时的兴奋，但游过白云山，我还是觉着真美！

第一天乘户外大巴到达时已近中午，于是，在山下的农家宾馆放好行李，吃了午餐，才上山去。

山有多大呢？绵绵山峰一重又一重，乘坐景区公交车向上去竟要一个小时左右。实在没有坐过弯道这么多的景区公交车，在车上被年轻司机甩得晕头转向。下车时，迷迷糊糊，离开许久的折磨一下子见了天日。那种不舒服的感觉很快如冰雪消融。满目青山，润泽着双眼，舒展着神经，宽慰着心灵。

一行人说笑着上山去。

炎炎夏日，其实一直不想爬山，及至来到山中，才明白，所有的担心都是多余的。洛阳嵩县的白云山位于伏牛山腹地，植被青葱，满山苍翠。走在山中，如行在天然的绿色通道里，阴凉清爽，甚至冷气逼人。

初时，山道平缓，未走多久，台阶就变得陡峭起来。走一段歇一会儿。抬头看山，大山重峦叠嶂，没有边际，山上郁郁葱葱，植被繁茂，山谷泉水淙淙，清流如甘露纵横。初来乍到，大家的脚步都有些急，道旁木牌提醒：慢些走，风景在漫步中。

风景在漫步中。真是这样，放慢脚步，走一会儿欣赏一会儿风景，等一会儿伙伴，拍一些照片，真是挺好的感觉。台阶越来越陡，不得不全力以赴，把拍照的手机放进背包里，扶着台阶栏杆，或者旁边铁索，向上去，走一会儿，停下来歇息。抬头看山，山无语却送给我们满目青翠。

台阶上隔一段出现一个数字，有人说，至山顶，大约有四千个台阶。听着叫人觉得很有难度，可是，既然入山，怎样都得向上去，不能止步。

真是一座绿色铺出来的大山，沿着山边台阶一级一级向上，仿佛在绿色的通道里一点点向上移动。走累了，有人在旁边的大石块上铺了防潮垫，大家都坐上去加餐休息，我也凑上去和大家一起拍照。在山中，所有的人都会变成童真的孩子，不分男女，就是一起的小伙伴。不管认识的不认识的，都那么开心。忘记了一切，仿佛是熟悉已久的伙伴。说着笑话，鼓励着彼此。那种如大山一般天然的温暖叫人觉着旅行的美好。

一起爬山，一起说笑，不熟悉的一会儿就成了熟人。甚至天南海北的人，问一问路，结一段伙伴，都如久居一起的邻居，叫人觉得可信。大概是大山的怀抱，自然的天地，山间的空气净化了每一个人的肺腑吧。天地美好，人也变得如山间小溪一般透明可爱起来。

休息片刻，重新启程，山更加陡峭，大家越来越熟，彼此鼓励，你追我赶，向上去。

终于到了山顶，呀，真是会当凌绝顶，一览众山小！

大山一重一重安然在湛蓝的天空下，层层山峦相聚，如诗如画，天底下，真是山的海，云的海。抬头望，天底下，气象景明，叫人心胸洞开。大美的江山，泰山主峰之巅，玉皇顶，海拔2216米。

大家兴奋地拍照，登山的辛苦早已化作欣喜和敬畏，大地山如画，天空云彩如飞絮，叫人如痴如醉，想起黄山光明顶峰峦相聚的壮美。

爬过许多山，本以为每座山不过是山石堆叠，可每一次发现，山山石石各不相同。白云山，是一座叫人不能小觑的山，它的秀美超出我的想象，山之大，叶之青葱，峰之秀美，云之秀丽，叫人耳目一新，如诗如画。

第一天登山难忘。

第二天早饭后，我们去往另一个线路看瀑布。

依旧是排队乘坐景区公交车上山去。老司机开车稳多了，一路上去，竟然如在摇篮一般昏昏欲睡。导游说看瀑布没有登山难度大，我们的心里都轻松了许多。

从山顶向下去，沿着溪流，拾级向下，去看瀑布。真美啊！沿途溪流纵横，水白树青，色彩秀美。大家兴致高涨。我呢，昨天在山上受了凉，晚上吃了药，早早休息，现在好多了，心情愉悦，和大家一起说笑着或者拍照，或者看风景，怡然自得。在山中，总是如行在画卷中，每一片树叶都储满深情，每一块石头都如朋友，每一条溪流都如吟唱着诗歌。为了节省体力，我们还像孩子一样在滑道里鸟一样向下滑了一段距离。

欣赏了几条大的瀑布，每一次都兴奋不已，走过山洞和吊桥，最后，我们终于来到了九龙瀑布。

真是一条气势如虹的瀑布！白色的瀑水从石崖上飞流而下，那么高的落差，如一条飞落的白色绸缎，洁净美好。又如一堆堆冰雪被推下悬崖，就那么落下来，飞溅在山下的石块上，溅起细烟般的水雾，如梦如幻如仙境般飘开去，散开来。飞溅在看瀑布的游客身上，如下着点点小雨，叫人兴奋得尖叫。

我从不同的角度欣赏着瀑布的美好，听着那砰訇的水声，忘记了一切人间烦恼。直到身上如雨淋湿一般才恋恋不舍地上山去。

在索道处等了近一个小时，才坐上缆车。上山去，缆车竟有二百多米的距离，居高临下，欣赏青青大山，山峦重重，巍然秀美。好一座白云山！好一条九龙瀑布！如画卷一样留在了我们的心中。

上得山来，乘坐电瓶车出去，离导游约定的时间已经不远，我们一行人还是走进了森林氧吧去感受那别致的美好。真是一座天然大氧吧！园内小桥流水，情景别致，进入野战营地，拍照留念，怕耽误大家的时间，匆匆欣赏，便赶快出了园子。

下午两点左右，在山下的宾馆取了行李，我们坐大巴回家。告别白云山，大家都意兴阑珊，仿佛从一幅美好的画卷里走出去，我们竟有了深深的眷恋。

真美啊！白云山的极顶。

真美啊！白云山的瀑布和氧吧。

层层叠叠的山峦，气象景明的云天，白如玉带的瀑布，都如梦境一般滋润了我们的精神和灵魂。

走，去看冰挂

2017年12月30日，我和老公，还有我的两个同事去山西平顺的通天峡看冰挂。

本以为冬天的山里会特别寒冷，心里一直对出行有些犹豫，及至到了山里，才发现，一切都比想象中好。

大山是没有了夏日的绿色，可是，巍巍然还是那样挺拔。天是晴的，蓝天给大山罩上了一层诗意的衣衫。山风是有点冷，但比想象中温暖。总之，一切都还好。

早上六点二十出发，十点左右就到了。下了车，遇上两个旧友，欣喜地问候，一起在山门前留了影。这就是出行的好处，多日不见的朋友偶尔在异地相遇，那快乐也是旅行途中的一大乐趣。

进入山中不久，即发现一片白皑皑的滑雪场。几个人欣喜地走上去拍照，躺着，坐着，摆出各种姿势。幸好我们来得较早，旅客还不是太多，我们几个在雪地上拍照，特别兴奋。

雪地上圈起来的雪场里，有雪地车。一些人在雪地车上东奔西突，玩得好不开心。我们一边欣赏，一边向里面走，有人告诉我们，山里的冰挂很多!

其实我们已经看到了冰挂,在大山的半山腰,一排冰挂仿佛列队的士兵,整齐地出现在视线,只是,冰上有灰土看起来有些脏。我们往山里走,果然,更多的冰挂出现在视线里。

半山腰,大小不一的冰挂越来越多。我们一边走,一边看,一边拍照。两山之间,河床早已冰冻。人们从山这边过桥到山那边,再过另一座小桥,欣赏冰挂,踏上冰床,嬉戏玩闹,莫不开心之极。

我们沿着山路上上下下看冰挂,越往里走,冰挂越多。到了大山深处,竟然有两个晶莹剔透的冰场。从冰雕的门口进去,里面全是厚厚的白冰,地上是冰块,周围是冰块。真是冰的世界。过一道门,进入另一个冰场,仍然是冰的世界。一堆一堆的冰,把人们的心全迷住了。仿佛回到童年一样,我们全都沉醉在这冰天雪地的世界里,如在童话里。拍照,留影,开心得合不住嘴巴,抱住冰柱来一个合影。在冰门前捉迷藏一样来一个留影。甚至吻一吻冰的味道,想在冰上跳一段舞蹈。

走出冰场,看到山脚有溪水清澈透亮,仿佛与冰挂比美一般,让大山更加诗意。冬天,冰与水都是大山最美的语言,让大山有了说不尽的灵气。

一路走,山间的冰挂一路相随,那么长那么多那么白那么美!我们在山间的台阶上上下下,目光一直与冰挂亲吻,真好啊!洁白的冰,仿佛大山的眼睛大山的心灵,让我们痴迷陶醉!

走累了,在阳光下找几个石块坐下来,掏出从家里带来的美食进餐,说着笑着开心着。这山里的一日,真是幸福!

回来的时候,从另一边的山脚走,经过凝固在山间的冰床,看见有许多人在上面滑冰,我们几个也小心地走上去,你拉我扶滑啊滑啊,平日里的矜持都扔到了一边,躺着爬着跪着,开心地笑着,仿佛回到了童年。夏日里清澈的山涧溪流现在全成了透明的冰床,人们在上面开心地滑着玩着。

玩够了，回去，一路上欢歌笑语，心里不知道多享受！

山中一日，真是难忘。人本自然之子，到自然中来，我们完全变成了孩子，所有的负面情绪都被抖落成山间垃圾。

大山爱亲吻蓝天，溪水爱在山脚缠绵。今冬，我们爱上冰雪，仿佛回到了童年。旧的一年就要过去，新的一年就要来到。愿所有的不开心都随时间飞去，愿以温暖的心怀来迎接新的一年，诗意生活，把每一天都过成幸福。

沿着一条路去读一本未知的书

有没有这样的时刻，心里一片茫然，不知道自己的心在何方，然后百无聊赖。如果有，那么，不要犹豫，背上背包，出发。

在路上，看到各种色彩在车外成团后移，心中，渐渐开始安静，就这样一路向前。

看到不同于家乡的地貌，心里开始涌进惊喜，啊，原来，这个地方是这样子的情形哦。

各种各样的地标从前方飞进视线，然后，瞬间隐去影子。开始在心里明白，自己已经离家乡越来越远，这是个不常来或者没到过的新地方，不管贫富，已经有新鲜的味道悄悄地涌上心头。

遇见一座新城，用力地去看窗外的地标或者建筑，感受不一样的城市风景。

遇见一座老街，仿佛走进一段历史，偶遇一种繁华，在建筑中读到一段无声的文字，在街市上感受到一种时光流转的沧桑。来一碗特色小吃，把一种别样的生活在舌尖上反复体味。

继续前行，来到一处山林，夜宿林间老屋，休养身心，晨起发现是隐匿大山深处的兵工厂旧址,屋前山花凌寒开放,还挺灿烂。

饭后继续前行,至大山深处,一行人准备后山穿越,却发现户外临时指派的领队并不熟悉路线,于是,人群里七嘴八舌,议论纷纷。领队去前方探路,久久不归,其余的人等待中,或就地休息,或拍照,或向不同的方向去探寻路线。偶尔来了一大群羊,满山坡像落下了云朵,惹得大人孩子兴奋地凑上去热闹。老黄牛是安静得很,在山坡上吃草,慢悠悠地嚼慢悠悠地回味,似乎山间的空气都是清纯甘甜芬芳美好的。

秋天的大山像穿了彩衣,树木一块红一块黄一块绿,仿佛画家用调色盘调出来的色彩信笔涂上了山。山谷里的草坡已经没有了夏日的绿,黄绿参半,溪水潺潺,坐着静听天籁也挺美好。

久了,临时指派的副领队爬上一处山头探寻回来,指挥大家上山,我试了试,山太陡峭没有敢再往上去,和不愿上去的伙伴们从原路折回去。还在修建中的景点,大山深处几乎无人,大巴车把我们送进山已经到另一个方向等待。散散淡淡地往回走,时不时看看山,看看云,亦不时交谈些话语。不知道过了多久,准备越山而过的伙伴们竟也原路返回。

没有完成一天的穿越任务。大家意见不少,晚上户外领队从异地发来指令,第二天直接进景区,有车来接。

早上起得很早,饭后直接进入景区。大山是真的美好,满山遍野的松树,有的黄了,有的绿着。路两边都是黄色的松树时,眼前一片金灿灿,仿佛金子一般,比金子更好看。

在景区下车,向上穿越一段森林,我们来到了山上的草原,遍地黄草,似在云中。雾气在远处的林梢流荡,如仙景一般。草原上,寒风刺骨,仿佛冬天。我用围巾裹好,仍然冷得打战,拍照,手冰一样寒冷。天格外蓝,配上草原的黄,美得灿烂。

在草原的周围,是山巅,站在山巅向远处望,山谷里云缠雾绕,美轮美奂。能看得到云在山间徜徉仿佛动画表演。

大自然的美叫人如痴如幻。我看到男人们也流连忘返。

因为昨天耽误了时间，出行的景点被减了几个，但是，山林的美与草原的美，已经让每个人的心里得了足足的滋养。

回去，一路上，很兴奋。陶醉在美景中，大家很快慰。

沿途，大山色彩斑斓，黄土高坡上有层层梯田。车行山转，望着窗外，我的心满满的，仿佛收获了一个金色的秋天，韵味足足的，让人沉醉。

这就是2018年秋天，我的山西芦芽山之行。

欢乐长寿山

去过许多山,有的山走过也就走过了,不会有太多想念。

长寿山是一座叫我想再去一次的山。

原因一,一进入景区,便走进了锦善美食街。这里的美食坊一个挨一个,品种多得超乎你的想象。全国各地的美食好像都能找到一二。不是一般的多,走过一条古色古香的街道转角又是一条这样的街道,一个一个美食坊各具特色,看起来都很美味的样子。随着挤挤挨挨的游人向前走,空中彩色的小饰品让人眼睛迷离,身边极具诱惑力的美食让人脚步不由放慢。一边走,一边看,心里的馋虫早被逗引的蠢蠢欲动。只是,还要登山去,只好忍住欲念,回来再寻找自己喜欢的美食。

原因二,走出美食街,沿着养生步道上山去,不久就来到五莲池。一走上台阶去,就看到许多人,走近了,会看到网红桥。一群人在网红桥上荡来荡去,没有一个不开心。

下来一拨又上一拨,我和伙伴也凑上去热闹。

桥面上有点滑,得站稳了,还得抓住前面人的衣服或者肩膀,然后随着音乐的节奏,随着喇叭中左右左右的指挥声,身体左右摆起来。一桥的人在空中游来荡去，一不小心就会掉下去。所有的人都兴奋之极，开心之极。才进入大山，身心就像棉花一样舒展开来。

原因三，沿着山间步道，开始赏景，看大山层林尽染，在山间道上上上下下，感受大山的重重叠叠。有点累的时候，山间新装的玻璃桥到了。远远地望着，仿佛从天下垂下来的一座桥。等到走上去了，会发现，自己站在山之巅，远望红叶，或者放眼山下，视线开阔，角度正好。

在玻璃桥上走来看去，欣赏风景，感觉新奇美妙。

原因之四，走下玻璃桥，去向更远处，欣赏红叶。大山重重叠叠，半坡绿着，半坡红，真的气势非凡，叫人沉醉。想沿着山间小道把大山走一遍，发现，山太大，一天走完，不大可能。那一坡一坡的秋叶，红的绿的半红半黄半绿半枯的，叫人想走近了去欣赏，可是，又觉得体力与时间都不支持。也只有放弃心中想法，准备有时间再来一次。就像一位朋友说的那样，河南巩义的长寿山在全国来说名气不大，但是景区挺大。漫山遍野的秋叶都红了，还真是一片能让人心情沸腾的海洋。

欣赏了红叶，心中还惦记着美食。尽管带有美食，已经进餐。折回去，在美食街，还是愿意买一份自己喜欢的小吃，品品那香香的味道。

不敢停留太久，赶着约定的时间走出景区，坐在车上，却想，下次有时间，再来一次吧。直接乘坐景区公交车去后山好好欣赏一下红叶的壮美！

走过许多山，一直很崇尚山水的自然美。可是，来过长寿山，我却喜欢上了大山的主人为游客们精心安排的一道道欢乐，我觉得挺好。来了，就要让你们尽兴，让你们不但有登山的欢愉，也有给你们加一把火让你们体验更愉悦的趣味。这就是长寿山，我喜欢它给我们的欢乐，也愿意再来品味山水红叶，让我的心中真正拥有自然的温润。

秋天的长寿山，层林尽染。满山秋叶，一片红一片绿或者半山坡红叶，如画家不小心打翻了的调色盘，大山好像有点醉了，我们也有点醉。若是漫山秋叶，全红透了，那一定更让人难忘吧！

靳家岭探秋

早就听说靳家岭的红叶非常漂亮，这个秋末的周六，我和朋友们一起去靳家岭赏红叶。

进得山来，发现红叶的最佳观赏期已过。整个大山，郁郁苍苍。因为有活动，所以游客不少。是个不错的日子，天气不冷也不热，在山中走一走，即使没有红叶，走进自然，人们的心情不由像云朵一样绵软起来。

说说笑笑沿着山中大道向前去。不时遇到观景台，我们就走上去欣赏一下远处山坡的风景。或者遇到个小凉亭，就沿着台阶向上去看看大山那边的景色。靳家岭属于太行山系，站在小山头的凉亭看对面大山，巍巍太行的气势一下子就让人心胸敞亮，即使没有红叶，秋日游山也非常合适。

山中红叶不多，但也还是有的，偶尔遇到一些，会情不自禁地拿出手机拍一些照片，一片片红叶仿佛点亮心情的火炬，让我们欢乐不已。

玻璃栈道售票处，人们摩肩接踵，朋友们决定先去千年黄栌园区看风景。

沿着山中大道漫步，当作秋日健身，朋友们说着笑着走着，路途虽远，却不觉得。在黄栌园区，我们沿着林中小道向下去，有回来的游人告诉我们，前面风景可美，便更增加了勇气与信心。果然，穿过松林，来到崖边小道，就看到了对面的大山上一坡一坡的红叶还未落尽，仿佛为我们存留的秋韵。一行人一边走，一边拍照，有人放着音乐，大山显得更加灵动。听着音乐向前去，对面的大山气象万千，悬崖峭壁，与半山腰的红叶相互辉映，使得大山既巍峨又柔情，沟壑纵横，秋叶遍布山坡，郁郁苍苍中显出太行特有的秋色。

在天钳岭，红叶更加绚烂。如果说，在大山的步道上我们是在远望山谷红叶，现在，已经置身其中。

悬崖绝壁的天钳岭，地势险要，但红叶特别绚烂。我们兴奋地走上去拍照，或置身其中合影，心里美滋滋的。仿佛终于找到懂得的知己，这一天终于有了安慰。

沿着天钳岭的山间小道向下去，红叶越来越多。准确地说，应该是彩色的叶子越来越多。那叶子，有的红透了，有的是黄色的，有的半红半黄，就那么一大片一大片在山间小道两侧像彩画一样铺展着。我已经管不住自己的脚步。一个人离了朋友向前去。想叫朋友过来，她们却说，时间不早了，该回去了。我的脚步已经不听自己指挥。我拿着手机拍照，总觉得前面的彩叶越来越美，忍不住地感叹着，拍照着，欣赏着。遇到对面过来的游人，让人家帮我拍张照片，心里美滋滋觉得特别享受。觉得这条山间小道真是诗意纵横，色彩斑斓，天然成景，仿佛画幅。

第一次一个人在大山深处离队赏景。也不知走了多久，只觉得无限风光在前方。前面的山头上一坡坡红叶好像更美。但是，好像没有尽头，询问对面过来的游人，她们说，前面确实很美。但是，已经快到青天河那边了，并且给我指了一下青天河村。望望山下的小村庄，我终于明白自己该回去了。因为，我一个人离队，手机已经快没有电了。不能耽误大家回去的时间。

沿路返回，还是很沉醉。实在是一条美好的山间小道！两边秋叶斑斓，红的，黄的，半红半黄的，形容不出来的色彩，真的美到醉人。

还好，一边欣赏，一边加快步子。终于赶上了两个伙伴。她们还在美滋滋地拍照。三个人一边寻找千年黄栌树，一边往回走。原来千年黄栌已经干枯无叶，虬枝纵横，看起来真的树龄不小。

出来黄栌园区，本想乘坐电瓶车回去，无奈人多，只好步行回去。朋友想上玻璃栈道。我们买了票，走上去，感受悬崖绝壁上的新奇体验。从玻璃栈道上远望，又看到了对面的巍巍太行。半山腰有一条公路远看仿佛一条横在半山腰的羊肠小道，曲曲弯弯，在大山上很有画面感。向下看，索道的缆车仿佛吊在大山间的一个个彩色小花篮。而山间人行道，则变成了大山深处的童话小人国场景。

刚开始向下望还有点不适应，渐渐一切都变成眼前风景。从脚下的玻璃向下望，能望得见下面的悬崖峭壁。若不是社会进步，古时当作天险的绝壁不会成为人们的娱乐场所。为人类的智慧感动。

下山去，游人在乘车点排了长长的队伍。虽然很想坐车回去，可是，怕耽误大家回去的时间。只好沿着原路步行返回，真的非常疲累。

及至坐在车上，才松了一口气。回想刚才在天钳岭那条小路上看到的风景，心里仿佛得了安慰。觉得不虚此行，我看到了最美的风景。也许满山红叶更壮观。但是，在大山褪去鲜红的外衣即将进入冬季的时候，我找到了一条色彩斑斓的山间小道，如痴如醉地欣赏了那么久，真的已经很满足。

好景总在最深处，我又一次有了深刻体会！

黄河三峡里闲适与激情

对于黄河三峡，我向往已久。2019年6月15日，周六，终于成行。

进入河南省济源市的黄河三峡景区，我们在1号码头排队，准备去乘船游三峡。等待的时候，看到资料上介绍，黄河三峡位于济源市西南。抗日战争解放战争时期，党领导的军队，曾经数十次强渡黄河。因为这里悬崖峭壁，河床狭窄，自古就是兵家必争的战略要塞。正因为有十万大军渡黄河，保卫延安，才有了后来的百万雄师渡大江的全国性胜利。原来济源的黄河三峡，竟有这样一段红色的英雄史。

坐船游三峡，发现这里果然壁陡崖高，挺有气势。

从孤山峡出发，我们的游船在青绿色的水面上逶迤而过。两岸山石奇特，直陡陡仿佛刀削，叫人惊叹。一层层绿色植被像画家用彩笔横着涂在岩石中间的颜料，一层绿色一层山石，很有画面感。河水悠悠，清风徐徐，虽是夏日，却也叫人心旷神怡。

我从二层的船舱来到顶层，视野更加宽阔，看到人们或者拍照，或者赏景，都挺兴奋。桃花岛缆车像小小的吊篮在远处的空中移动，玻璃吊桥仿佛天桥吊在两山之间，我拍了几张照片，行人像腾云驾雾一般。

犀牛望月，翠屏峰，天门——从眼前移去。不久，山崖上就出现了"八里峡"的大字。船缓缓向前，山崖缓缓后移。一层层的山石上下堆叠，仿佛天工巨匠修建一般，让人感叹。一座座山峰紧相连，一幅幅画屏无边伸展。

河水清洌，两岸峭壁。过了八里峡，前面又出现龙凤峡。依然是水清壁陡，水岸画廊。我们的游船缓缓而行，之后转了方向，折回。

刚才看过的两岸风景依次出现在视线中。河水青绿，两岸壁立千仞，游船徐徐而行，山水徐徐后移。坐在船舱静心赏景，犹如置身画中。仿佛片刻的时间，就到了码头。

上岸，向前走一段路，我们来到了景区的野猪林漂流服务中心。

如果说，船游黄河三峡是悠然的享受。那么，野猪林漂流就成了极速的体验。

在服务中心交了十元钱租了柜子，领了救生衣和帽子，我们去漂流。

因为搞活动，游客多，排队的时候，等的人心焦。及至上了皮艇，心里不由就欢乐起来。先是人们拿着各种水枪水盆互相泼水嬉戏，盼着早点去漂流。等到皮艇被服务人员拉进河道，我们的小艇一下子像得到释放。

刚开始河道比较平缓，我们几个人又是唱歌又是拍照，感觉轻松又欢畅。顺水而去，一泻千里的感觉真叫人感觉舒服。

渐渐地，河道就有点危险了。我们全力以赴，抓紧橡皮艇上的扶手，在弯弯绕绕地顺水漂流之后，一下子进入一个陡坡。水哗哗冲击着小船，我们被稀里哗啦的水波推进一个水潭。

等到明白过来才发现，我们已经进入一个平缓的小湖。先行到达的橡皮艇都聚在湖的另一处，那里有工作人员在把橡皮艇一个个送入低处的河道。

从上游滑下来的小艇越来越多，一时间湖面上黄色的橡皮艇挤作一团。

好不容易才轮到我们的小艇，工作人员提醒我们抓好扶手，说话间小艇已经进入陡峭的河道。我们被水浪冲着，已经顾不上看景。只觉得自己被水花裹携着，随小艇向下游撞去。

　　陡峭的河道很长，我们的小艇被磕磕绊绊地掉了个方向。我紧紧抓住扶手，在稍稍缓和的时候，掉转了方向，才不觉得危机重重。

　　刚出发的时候，我们还以为河道一直那样平缓，现在河水仿佛给我们来了个下马威，我们再也不敢掉以轻心。

　　在经过长长的水冲浪打之后，我们来到了另一个漂流区。这里有一道一道的水帘，进入水帘洞，缓行一段以后，我们再次被水冲浪打。小艇竟然横行在水道里。一边是水推波涌，一边看着小艇这样危险的姿势，心里面真的挺担心。好在有惊无险，小艇又变成了正确姿势。我们被冲进一个打着漩涡的小湖。

　　小船一直在打转，我们船上的男士下船去推拉小艇，才走出了漩涡。其实这已经不是第一次了，在前面的小湖里，我们的队友就已经下水拉船了几次。

　　以为快结束漂流了，工作人员却告诉我们还有三公里。

　　我们的小艇又一次被工作人员推下水道。以为不会有太多的险境了，谁知道河道竟然更加颠簸。只是我们有了前几次的经验，已经能一边享受水浪冲打，一边睁开眼睛去欣赏河道风景。河道上，白色的水浪一波推拥一波，波浪滚滚，比海上的大浪要密集得多。水是清冽得很，白色的浪花一波连着一波，又急又猛。我的手已经没有力气，真希望快点结束漂流。

　　接下来的另一段河道依然危险重重，弯道很多。水道周围是绿色的森林，水白树绿，平缓的时候感觉还是很美的。被水冲浪打的时候，大家总是一边紧紧拉住橡皮艇的扶手一边夸张地尖叫。一时间，波推浪涌的水声和大家的尖叫声混作一团。我们几个人又开心又有点晕头转向。刚开始天气带来的燥热，已经被水冲去，我们每个人都冷得有点受不了。

　　仿佛已经适应或者说已经麻木，只要水打浪冲，大家便使劲地尖叫，仿佛要叫出自己心中的欢乐或者胆怯。笑声尖叫声水声，飘荡在水上，飘荡在青青的大山里，让人觉得真是凉爽刺激。

就在已经能随波逐流的时候，我们再次来到了一个小湖。工作人员在帮助人们上岸。哦，漂流到此结束！

真开心！真刺激！大家嬉笑着看看彼此，每个人都是湿漉漉的一副狼狈样。

沿着山间步道上行，我们去漂流中心冲澡换衣。林青叶茂，绿荫遍地。虽然浑身冷得打战，却觉得格外开心。

今天，我们坐船游了黄河三峡，在野猪林痛快地体验了漂流的欢乐。炎炎夏日，感觉竟舒爽之极！

漫步小浪底

小浪底泄洪大坝是中国黄河治理史上的一个壮举。这个著名的水利工程，泄洪时也是一道举世闻名的风景。

六月二十五日中午，我跟着伙伴进入小浪底景区。才上了几级台阶，眼前便恍然一亮。一条清澈宽阔的大河出现在视线里。真美啊！这哪里像传说中一碗水半碗沙的黄河。分明就是碧波涌动的海洋！

远处水面上，迷漫着一团团雪白的水雾，仿佛仙境。

古人云：智者乐水，仁者乐山。一看见水，我的心里便涌出无边的喜欢。宽阔的河面上，波冲浪涌，让人想起曹操"水何澹澹"的诗句。

沿着河岸向前，会看见河上有一架吊桥，因为水位高，暂时关闭。吊桥的另一侧不远，有一架造型独特的大桥，游人可以沿着大桥赏景，到对岸去，环游一圈，便可达小浪底大坝泄洪的地方。

桥头有格桑花正在开放，游人入花丛拍照，以小浪底水波为背景，别具一格的美。

河宽桥长，走在桥上，有风阵阵，更觉似在海上一般舒爽。

过了大桥，不久就来到工程纪念广场。

原来，小浪底工程由德意法中四国建造。广场上，有代表各方的纪念图标。中间的三足鼎立设计，样式别致。看资料，了解当时搬迁建设施工情况，移民竟达20万人，工程之大，令人唏嘘。

　　简单了解小浪底工程的建造情况。我便迫不及待地奔向那白色水雾了。因为那里瀑布的轰鸣声仿佛千军万马在嘶鸣，吸引着游客。

　　远远地，就看见三股白色瀑布从闸口喷涌而出，气势浩大，把大河的源头弄得白茫茫一片。

　　而河面上，瀑布溅落处，白浪滚滚，白雾阵阵，白烟四起，在河道里袅袅娜娜，化作雨雾，落在游客身上，如下了小雨一般。

　　及至走近泄洪处，侧面便只看见两股瀑布，中间的那股瀑布被边沿的这个瀑布给遮挡了。高处的那个瀑布从闸口处喷涌而出，冲向天空，雾化作一团团祥云般拉出去，散开来，落在河面上。低处的这两股瀑布喷出来，形成一个漂亮的圆弧，仿佛在空中造了一座洁白的拱桥。三股瀑布砸在河道里，激起团团白浪，气势昂扬，把河道里弄得波浪滚滚，水波撞上储水池有的反流回来，一时间，河床上白波翻滚，水花四溅，如雾如烟，如梦如幻。

　　站在这样的瀑布前，我想一定有许多人和我一样感慨万千。新中国成立前，黄河水曾经给人们带来过多少灾害，河水泛滥时，多少人流离失所，离开家园，民不聊生。小浪底工程就像一个巨人，管住了恣意横行的黄河水，让它变成了一道可控的资源。发电，排淤，泄洪，造福人间。这是一项多么伟大的创举！

　　昔日横行的黄河水，今天已经变成了风景，这般震撼，这般清澈，这般美好，叫人难忘！

　　"黄河之水天上来，奔流到海不复回。"这诗句仿佛为小浪底泄洪瀑布而作，用在这里，是那么贴切那么逼真！

　　在小浪底大坝前赏景累了，可以到花架长廊去休息。

　　景区里有黄河景观微缩。沿着长长的景观微缩河道漫步，可以增长许多知识。曲曲折折的黄河上，一共有七座拦水大坝。壶口瀑布和小浪底瀑布是两道特别的景观。在入海口，孩子们还可以涉水亲水，体味夏日玩水的乐趣。

离开景观微缩，在黄河故道边漫步是一种安恬的享受。昔日黄色的河水已经不见了影子，黄河故道变成了一个碧水青青的长湖。湖上绿荷红花静静成长，两岸绿柳依依。漫步树下，听蝉儿长鸣，看路边石榴树一丛丛。九曲桥附近，湖水更绿，背后的小浪底大坝上"小浪底"三个巨型大字昭然醒目。湖边草地青青，树木繁茂，游人席地小憩，怡然而乐。

离开黄河故道，闻着水声，再次来到瀑布前，为那从天而降的瀑布感到震撼。一个人望着瀑布发呆，心中像有许多东西被冲洗干净。

看过许多水，各种各样的，清清的小溪，山间的飞瀑，少有这样的气势。听工作人员说，闸门全开的时候，一共有十来个闸口。每个闸口都向外喷水，那场景，分明是整个黄河在倾倒呀，那会是怎样的盛况，想象一下就觉得心绪沸腾。

小浪底风景区，有"国家级水利风景区""国家AAAA级旅游景区""中国最具吸引力的地方""河南省十大旅游热点景区"等称号，为中原地区最具特色的风景线之一。

寻山寻水寻桂林

如果想看看喀斯特地貌，那就来桂林吧。

七月初的天空，晴明如海。在飞机上就能看得见桂林的大地上，小山包葱绿一片，仿佛一个个绿色的面包，间杂着一片片青绿的田地，叫人觉得稀奇。

飞机下降，我目不转睛地向下瞅着桂林的大地上深深浅浅的绿色小山包，觉得特别有趣。飞机落地的那一刻，我的心里竟然激动得想涌出眼泪。

因着小学课本上那篇《桂林山水甲天下》，对于桂林，我向往已久。在这个热情似火的夏天，我终于达成心愿。

飞机着陆，之前在空中看到的小山包清晰地出现在视线。机场周围，线条圆滑的小峰峦，仿佛画幅长卷。更让人难忘的是，第二天去兴坪古镇的路上，一片水域，倒映着无比秀气的峰峦，叫我们感叹。司机停车让我们下车拍照，大家与山水欢喜合影。初来乍到，我们便爱上了桂林。

在兴坪古镇，导游带我们穿过古镇的小街来到江边。二十元人民币上的图案，变成真景，让我们眼前一亮。这真是一幅山明水秀的天然画卷！那一个个突兀而起的小小峰峦，屹立在江那边，在蓝天下与清清的江水相依相伴。有人泛舟江上，眼前更显得安恬。

在阳朔县城住宿的时候，推开酒店的窗户，圆滑的小峰峦便如画幅映入眼帘。漫步街上，小城的每个方向都可以看到峰峦相聚突兀在眼前。有的连在一起，像驼峰，有的状如小兔子，有的像卧在地上的小刺猬，有的在天空下像竹笋拔地而起，自成一景。

在桂林，随处可见峰峦。田间地头，常常突立着一座座小山峰，满山绿叶，像穿着毛茸茸的衣服，乖巧地从平地上凸起来，都不太高。仿佛北方的大山把山尖削去，放在了大地上。山尖也不太尖，印在天空上，仿佛一个个圆滑的抛物线，线条总是很柔美。这样的山总是叫人觉得意趣无限，无限爱恋。

在两江四湖漫步，一抬头，就是画一样的峰峦。一转身，又是画卷一样的峰峦，被碧水柔波围绕着。

象鼻山最是特别。我们从訾洲岛隔江欣赏象鼻山，只见一个状如大刺猬的山峰出现在漓江边。及至走到小岛深处才看清山下的水月洞。有了水月洞，象鼻山才是真的象鼻山了，如一只大象在垂头饮水，象鼻直直地钻入水中，仿佛要喝尽漓江与桃花江交汇在这里的江水。

在木龙湖，看到桥那边凸起的峰峦，问导游，说不远处是叠彩公园。在阳朔坐船游漓江，两岸峰峦相连都不高大。但一个个小峰峦相连，此起彼伏，仿佛大海的波浪线。桂林的山就是这样，无论你走到哪儿，一抬头就能看见，仿佛这片神奇的大地上竖起了无数的画屏，或者长出了无数的峰林。

桂林的山，是秀气的山，是漂亮的山，是画一样让人难忘的山。我觉得十万大山说的就是桂林。大山不大，但是峰峦一个接一个拔地而起，峰林遍地，这就是桂林最叫人难忘的特征。

桂林的山神奇，桂林的地下溶洞，也特别神奇。在金水岩，我们看到地下溶洞中石钟乳姿态万千，有的像竹笋，有的像石柱，有的是石幔，奇形怪状，叫人目不暇接。除了钟乳石，还有地下河、泥浴、温泉。丰富多彩的喀斯特地貌叫人印象深刻，觉得桂林真是一个奇特又柔美的地方。

桂林的山是美的，仿佛天上的仙女，一群群落在了大地上。桂林的石钟乳是美的，千姿百态，丰富得叫人描述不尽。

桂林的水又怎样呢？

在兴坪古镇赏景，山清水秀一幅画。我们都挺兴奋。朋友想坐船，大家都认为行程里还有坐船的安排，加上时间也不允许，我们没有在兴坪坐船体味漓江。及至在南洲大桥河段坐船游漓江，看到漓江水一片混浊，心里竟然涌起了失落。小学课本里描写桂林山水的那些美好句子，仿佛成了对比。船上的工作人员解释说，前几天刚下过雨，河水混浊是正常的。站在船头看着两岸峰峦如画，我们不免感慨，如果漓江水也清澈得如书中描写得那么美，那么山水倒影该会多么令人陶醉！

不过想想，在两江四湖日月双塔景区漫步的时候，湖水青绿，日月双塔在夕阳晚照下倒映水面如诗如画的情景，心里也算有了安慰。在木龙湖景区漫步，景区不大，但波光水影，与峰峦相互辉映，也挺美好。

为了不留遗憾，在回去的前天晚上，我们坐公交车去了象山公园。漫步漓江边，看天光与山色倒影在江上，美轮美奂，心里面便觉得有了许多安慰。

华灯四起，沿河散步，游人络绎不绝。解放桥彩灯一串串倒映在河上，河对岸的红色夜灯点点如花绽放，漓江游船上灯火如诗，在暗夜的江面上缓缓移动，更增添了夜游漓江的美好。有人在漓江边戴着头灯捡拾螺蛳，他们低头的瞬间，我看到漓江水真的挺清澈，河里的鹅卵石清晰可见。心里边便觉得漓江没有让我们失望。夜游漓江，如诗如画的夜景让我们感到不虚此行。

回去的时候，看到河对岸的日月双塔，灯光华丽，我们又去赏了景。只见日塔金光闪闪，月塔银光一片。双塔相映，湖上波光荡漾，与公园各处树丛中的彩灯组成一幅美轮美奂的画面，叫人感到无限留恋。

桂林的山是美的，桂林的水是秀的，山水辉映，让桂林美得无比精致。

　　有了这样的山和这样的水，走到哪里都觉得桂林韵味特别。

　　兴坪古镇依水而立，人民币的图案就是最好的招牌。阳朔县城环山而建，西街的古老与现代让人难忘。千古情把桂林的文化，用震撼的方式诠释得淋漓尽致。吃一碗桂林米粉，更叫人对桂林有了深刻的体味。在桂林无粉不欢，天天有粉，叫人难以拒绝。在多民族的土地上，体会一下侗族人的生活习俗，也是一种不错的选择，漫步侗寨，近距离了解侗族人的生活习惯和精美银饰，我们增长了许多知识。

　　桂林的山是美的，桂林的水是秀的，桂林的风情是丰富多彩浓郁俊秀的。

　　离开桂林的时候，在飞机上再次鸟瞰桂林，觉得桂林真是一个山清水秀的胜地，值得我们再次探访。

唯有感恩

　　青春的时候，总是有太多渴望。
　　渴望有好的生存环境，渴望有家人的贴心关爱，渴望有长者的智慧引领，渴望有真心玩耍的伙伴，渴望有亲密相伴的爱人，渴望拥有幸福美满的家庭，渴望有一切美好的遇见。
　　穿过长长的暗夜，懵懵懂懂中，跌跌撞撞，摸索向前。
　　昨天的一切，仿佛隆隆的火车刚刚飞驰而过，就已经到了现在。
　　回首走过的路途，有实现梦想的小小喜悦，有遇见坎坷的忧愁恍惚，有太多莫名的情愫曾经在心中波涛汹涌。
　　对于现在的我来说，这一切都不重要了。
　　重要的是眼前的日子。
　　那曾经让我苦恼的，我希望退到身后。
　　那曾经让我欣喜的，都已经珍藏在记忆深处。
　　眼前的日子里，有亲人，有朋友，有天地花草相伴，有日月星辰慰藉，有书可读，有路可走，便让我的心里充满了珍惜。
　　感恩所有的遇见，感恩所有的道路，感恩所有的汗水，感恩所有的梦想，感恩所有的不息。

感恩所有的亲人，感恩所有的朋友，感恩所有帮助过我的师长和陌生人。

是你们让我的世界如此温暖，如此饱含情意，让我成为想做的那个自己。

面对世界，我唯有珍惜。面对生活，我唯有感恩！